我：你看见我了吗？

你：嗯。你还好吗？

我：比明天要好。

/

/

你：你伤心的时候想做什么？

我：不能豪饮，只想浅酌。

你：你觉得你像什么动物？

我：一半狮子一半猫。

你：你是不是有病？

我：我正常得不得了。

你：通常说自己正常的人都不正常。

我：好吧，稍微有点点。

我：我想飞。

你：人不能飞。

我：灵魂就可以。

你：你是灵魂吗？

我：不是。

你：那是什么？

我：我是精神分裂。

你：你的内心很强大吧？

我：我只是有太多懦弱的东西没有给你看。

你：这么晚了，你睡了吗？

我：没有，我在等你安慰。

我：你为什么走那么快？

你：我赶时间。

我：我赶不上你了。

我不赶时间，
只想赶上你

六米 著

浙江工商大学出版社

图书在版编目（CIP）数据

我不赶时间,只想赶上你 / 六米著 . — 杭州： 浙
江工商大学出版社，2016.8
（湖畔文丛 / 鄢子和主编）
ISBN 978-7-5178-1718-5

Ⅰ．①我… Ⅱ．①六… Ⅲ．①随笔－作品集－中国－
当代 Ⅳ．① I267.1

中国版本图书馆 CIP 数据核字（2016）第 159374 号

湖畔文丛　**我不赶时间,只想赶上你**
六　米　著

出　品　人	鲍观明
责任编辑	何小玲
封面设计	林　亮
插图摄影	六　米
责任印制	包建辉
出版发行	浙江工商大学出版社
	（杭州市教工路 198 号　邮政编码 310012）
	（E-mail：zjgsupress@163.com）
	（网址：http://www.zjgsupress.com）
	电话：0571-88904980,88831806（传真）
排　　版	风晨雨夕工作室
印　　刷	杭州五象印务有限公司
开　　本	710 mm×1000 mm　1/16
印　　张	16
字　　数	203 千
版印次	2016 年 8 月第 1 版　2016 年 8 月第 1 次印刷
书　　号	ISBN 978-7-5178-1718-5
定　　价	36.00 元

I have to save time for getting detoured
and never look back

有那么多弯路要走，
我哪有时间回头

/

/

我有一张一辈子要做的事情的清单，是我在上大学的时候写的，后来也随着自己的变化，删去或者增加了一些。

你们一定很好奇，所以我找了一些放在这里，不管是天方夜谭还是触手可及，反正都是想去做的事情：

写完给预约者的手抄本；
出一本书；
三十岁之前拍一次婚纱照；
养一只狗；
开一家理想中的咖啡馆；
环游世界；

种一片小雏菊；

为一首歌填词；

在母校办一场讲座；

认真制作一部电影；

去挪威看星星；

去冰岛睡 24 小时黑夜的觉；

做一只蛋糕；

在 318 国道上和最爱的人行走；

……

转眼到了 2016 年，看看这张列表上的事情，竟然也实现了一部分。比如现在，极其幸运地，我正坐在电脑面前为我的新书写序。

这是我第一次这么迫切地想要把自己这段时间来努力的成果分享给大家，根本不知道要从何入手，但是，我发现闲扯一些心情比讲一个故事要来得容易得多，因为我只要把心底所有的想法据实都搬出来就行了。

说到想法，我想每个人都有很多，区别只在于是否有把想法做出来而已。

这本书最初就是源自一些陌生人对我的倾诉，隔着网络，或者千里之外的一次预约，甚至有来我的城市一起生活后留下的经历。我第一次发现人和人之间交往和分享的方式是如此多样，而这些人带着故事走进我的故事里。

于是就有了这本书。

书里发生的故事，大多都是真实的。一个人生活在这个世界上的时候，难免会有些孤独，太多东西都会让人觉得迷茫和无助，那时不妨来这里看看。其实，很多人都干过傻逼得想头撞南墙的事情，有过迷茫得像无头苍蝇一样的过往。

我们要成为牛逼的人，无疑就是要在这些迷茫和傻逼之中鼓起勇气，杀出一条独一无二的血路来，以自己的方式成长。

如果你们还是感到绝望，就想想我，那个当年倒数的学渣也能出书了，还有什么不可能的。

只是你不知道这条血路上，我披荆斩棘打败了多少凶猛的怪兽和内心的惶恐，但是还好，我坚持过来了，没有放弃，保护好了自己。

还有，这本书里的插图，大多数都是我自己带着单反和三脚架的自拍，所以即便拍得不好，你们也要原谅。

对于摄影这件事情，我一直都是 auto 档的门外汉，但是一边行走一边拍照，每一张都是一次行走一次经历的见证。

曾经有个朋友在我文章后留言，问我什么时候才能用自己的照片做插图。如今终于，我的书中的插图都是我自己快门下的画面了。

感谢的话，其实我在心底已经说了几万次，想着再过不了多久这本书就会到你们的手里,心中又开始无比激动。我从来没有想过会有这么一天,有人会认认真真地看完我在熬过的夜晚所写出来的东西。

抬抬头,我们都是生活在同一片夜幕之下。我不知道前面等着我的是什么,但是不再对未知恐惧,我所有的努力,不过是为了十年后的自己能够听到梦想落进时间里的回音。

世界上,就是有这样不懂得放弃的傻逼,不借鉴别人的成功生活方式前进。

Forgive me that I can't help loving you
a t   f i r s t   s i g h t

不好意思，刚认识就喜欢你

目 录

目　录

I'm tensely feared to miss you
f o r   m y   s l o w   w a l k i n g

我怕走得太慢，错过了你

请你让一让，我赶时间

Step aside please,
I'm just running out of time

/

/

/

/

Unable to reach you,

e v e n   i f   I   a m   r u n n i n g   b e h i n d   t i m e

我再赶时间，也赶不上你

时间的风景里,不是只有你

In the memory of time,

t h e r e i s n o t o n l y y o u

目 录

不好意思，
刚认识就喜欢你

/

/

Forgive me that I can't help loving you

at first sight

其实爱情就是一见钟情的怦然心动，然后在一次次失望之后消失了热情。为什么不能去找一个彼此都是一眼钟情的呢？虽然大多数时候很难，但是这样的爱情，却总是让人心生愉悦。

真不好意思，刚遇见就喜欢上你

> "
>
> 没有乍见之欢，
>
> 哪来久处不厌。
>
> 你觉得什么是爱？
>
> 一见钟情？日久生情？
>
> "

　　有人说，一见钟情的都是颜值，不会有什么高贵纯洁的爱情。只有在细水长流的相处之中萌发出来的情感，才是爱情。也就是说，所谓的日久生情才是真爱。

　　以前我觉得很有道理，但当我和一只狗相处了三年萌生出感情的时候，我很想问一句，这是真爱么？

其实我是特别不相信日久生情的人。很多时候，日子久了是能生出情来的，可那一定不是爱情。我们不仅是对人，甚至对一只狗、一张椅子都是能生出感情来的，这样的感情更多的是依赖，是一种习惯。

同样，爱和时间有关系么？

显然是没有关系的。爱上一个人只需要一个瞬间，一个动作，一句话，一个眼神。对视个五秒钟，就会深深地被对方所吸引。

我有一个小师妹叫苏一。在一次朋友聚会上，她遇见了一个男生。那个男生坐在她旁边，笑起来就像低配版的宋仲基，讲起话来不仅有幽默感，声音还特别有磁性，对身边的朋友也很照顾。

一个晚上，苏一整个人就像三月扬州城的花一样都怒放了。临走前，她主动要了那个男生的微信、电话。

她说，如果放过这次机会，她一辈子都会后悔的。后来她真的就没有再遇到过像他一样让自己动心的男生。

这大概就是一见钟情。

在这场爱情里，苏一真的是要把命都搭进去了啊。不知道去了哪里"再造"，放下以前乖乖女的形象，一点矜持都不要了。主动搭讪，奋力进攻。每天都会准时给男生送早餐，主动约男生看电影、逛街，无微不至，无孔不入。

大概是在整整六个月的时间里，苏一几乎充斥了男生周围的每一个生存空间。

打个比方，就像是北京上空的雾霾，离开好几天不吸，还真有点不习惯。回到北京之后，还要深深吸上一大口。

终于，男生松口了，开始同意和苏一交往试试看。这让苏一心里美的，就像是一场甘霖降落在龟裂的大地之上，一度以为一个人真的可以点亮另一个人的世界。

苏一是真的很珍惜，因为这份爱来之不易，所以小心翼翼地捧在手心里怕摔，放在兜里又恨不能时时看见。她也知道是自己主动的，理所当然地，自己就要在爱里多付出一些，更体贴一些，对方才能看到，才能感受到。毕竟男生其实是没那么喜欢她的，换我的话来说就是，这个男生和她在一起或许只是聊胜于无而已，又或者说，和苏一在一起他并不讨厌，更何况苏一对他是真的好，为何要放弃一个对自己百般示好的人呢。

正因为苏一心里清楚，所以她在爱情里一再地退让，一再地付出，希望有一天，那个男生能真正爱上她。

可是苏一错了，问题并没有慢慢得到改善。

是男生不好吗？不是。

男生对身边的亲人、朋友、同事都很好，特别上心。可他就是不怎么爱搭理苏一。他陪朋友们打游戏。苏一说，你能不能少玩点游戏多陪陪我。男生回答，我玩游戏总比出去找别的姑娘强吧。有时苏一也会问，我对你重要么。男生顺口回答，我觉得你对我很重要。

苏一也会抱怨：你就不能对我好一点吗？

男生随口一句：你知足吧，你觉得我对你不好，但你是我经历过的所有女孩里，付出最多的一个。

在一个自己心爱的人面前听到这样的话，苏一竟然还有点感动。就因为这么一句感动的话，或者他给予的那点可怜的温柔，加上自己是真的爱他，在这段感情里，苏一隐忍了绝大多数的冷淡、不负责任和毫不顾忌。

那男生似乎就是这样吃定了苏一，抓住了她喜欢自己的把柄，因此肆无忌惮，觉得反正你不会走，反正你已经被我吃定了，我对你太好，反而会让你得寸进尺。

因为没有安全感，所以苏一有些黏人。上班的时候，她总会时不时地做新闻播报，说说发生了什么事，关心他最近怎么样。可是男生总是不回消息。苏一安慰自己，他刚刚找到新工作，总要比别人卖力。

可是，工作真的有那么忙吗？不午休吗？不吃饭吗？不上厕所吗？至于连个消息都回不了吗！

平时苏一想和他一块吃饭，他说在睡觉。苏一就从早上等到晚上，实在等不住了，到了晚上，给打他电话，结果对方已经陪男同事打游戏去了。生日的时候，苏一精心准备了个惊喜，在"很高兴遇见你"餐厅订了两个位置，结果对方却带上了一堆的朋友。

家人，工作，甚至哥们女朋友的猫的事，都能排在她的前面。男生说："别人不理解我，我能理解；但你是我女朋友，一定要理解我。"很多时候他就是有这样的本事，让苏一一直迁就着。那些无厘头却不正确的话，从他不负责任的嘴里说出来竟然还貌似很有道理。

直到有一天，苏一出差生病了，拖着疲倦的身体从飞机上下来给那男生打电话，问他能不能来接。男生正在打游戏，随口敷衍了一句："机场那么多出租，你有钱的吧，打车回来就行了，我忙着没空呢。"

苏一没有挂电话，对方也忙得没时间挂。电话那头，游戏里放技能的声音，似乎比面前的人山人海还要来得嘈杂、迷离。

最终，他们还是分手了。

我记得分手的时候那男生还来找过我们,抱怨着苏一:明明是她自己说喜欢我,发了疯似的追我,结果还自己先走了,怎么会有这样的人。

我们无言以对。

很多时候,在爱情里,我们明明看不到爱,却偏偏要花很多时间去证明慢慢地是会出现爱的。直到遍体鳞伤之后才幡然醒悟,在爱情里棋逢对手是一件多么难得的事情,无底线的退让和迁就通常没有什么好结果。

其实爱情就是一见钟情的怦然心动,然后在一次次失望之后消失了热情。为什么不能去找一个彼此都一眼钟情的呢,虽然大多数时候很难,但是这样的爱情,总是能让人心生愉悦。

喜欢是什么感觉? 当第一眼对上的那个瞬间,就迫切地想了解对方的一切,一块吃饭聊聊天,看个电影逛逛街。

他何曾帅过啊,是你爱过吧

"

盛开的鲜花,

等待就意味着枯萎。

我们总是打着爱的名义,

断送了未来。

"

很意外,在情人节前夕,我收到了一束薰衣草,是一个济南的男生送的。

他说:六米,薰衣草的花语就是等待,在这么好的节日氛围里,你也该等等爱情。

送花来的不是别人,正是小等。

我没想过会在这里遇见她,也没想过她会经营一家自己的手作工作室。

只是一直记得小等曾经说,她就像一棵树,爱情是这棵树上的枝叶,不断地让这棵树丰满起来。我仔细想了想，故事又何尝不是如此呢。

　　认识小等是因为林洱。

　　其实我也不认识林洱，但他俩是当年学校里家喻户晓的模范夫妻，就连系主任老婆和系主任吵架的时候都拿他们做例子："看看人家林洱是怎么对小等的，你多向人家学学！"

　　估计那会系主任的脸都是绿的，也就是他，唯一不看好小等和林洱。

　　关于他们，学校里有两种传言：一种是林洱对小等一见钟情追的小等，另一种是小等对林洱一见钟情追的林洱。反正来来去去两人都是荷尔蒙决定的一见钟情。

　　林洱是小等的学长，他大四的时候小等刚好大一。

　　两人是在银行认识的。那天，小等拿着老妈给她打了一个月生活费的银行卡去 ATM 机取钱，结果钱还没出来卡却进去了，气得小等愤愤地瞪着机器直跺脚。

　　林洱就在这个时候出现了，简单地按了几个键，就把卡交到了小等手中。小等说，林洱按那几个键的动作真是太帅了！林洱说，小等急得直跳脚的样子真是忒动人了。

　　于是两人顺理成章地在一起了。那时候没人看好他们，因为刚好是毕业季，我们都开玩笑打赌，两个月之内肯定分手。后来小等说，如果那时候两人真的就分手了，或许就没有后来那些事情了。

　　林洱对小等是真的好。我们常认为世上什么事情都是守恒的，你无故失去一些东西，到了某个时刻就都会回来。小等出身单亲家庭，从小和妈妈相依为命,而林洱出现之后无微不至的照顾与关爱就好像是从小失去的父爱以这样的形式回归了。

接下来,林洱毕业了。他接到了老家中心小学的任职邀请。那时候,工作还是包分配的,老师这个职业对于当时的林洱来说,无疑是最稳定、最合适不过的了。

小等不怕等,她信誓旦旦地说:"你回去吧,这样的机会或许一辈子就只有一次,你放弃了就不会再有了。"

林洱不怕等,他一本正经地说:"就算你舍得让我回去我都舍不得走,我知道我这一走意味着什么。所有的前途和你比起来什么都不是。"

林洱不带喘气地说完这一切的时候,小等就什么话都没有了。

爱情这个事,真的就像是人间异数,不是你拿着入场券就一定能找到属于自己的座位的,而是像挤一班地铁,全程都不一定能等到空位置。小等坚信,她就是那部分极少数的幸运人,林洱就是老天对她最大的恩赐。

刚毕业那段日子,大概是林洱最难熬的日子了。找不到工作没有生活费,学校宿舍又不能再住了。后来实在没办法,两人便在学生街上开了一家小店,一来林洱能时刻陪伴小等,二来小等也可以帮上忙。

大学四年,估计小等都没记住过自己的课表,每次都是上课时间一到,林洱就会拉着小等出现在教室门口。大学四年,小等几乎没有自己动手做过家务,衣食住行全部都是林洱一手包办。那时候两人有说不完的话,在一起很开心,见到我们的时候都是笑着的。

后来他们成了系里的模范夫妻,全系人都看好他们。连系主任最后都妥协了,向他们发出了祝福。

后来他们成了全校的模范夫妻,不在一起会天打雷劈。

四年啊,两个人就这么一起走过了四年。

小等总说,以后就是这个人了,无论在哪里都无所谓。只要他在,她就会在。因为对于她来说,有他的地方才是家,因为那里有她爱的人。

那时候我连两人结婚的份子钱都准备好了,结果后来我用它和小等一起吃了一顿豪华加长版的麻辣香锅。

毕业前夕,小等去他家见了他的父母,她也带他回家见了她的妈妈。

小等的母亲没有说话,但林洱走后,相依为命的母亲以泪相逼,要求小等毕业后一定要回家。小等不忍心让母亲伤心,两人再一次坐在谈判桌上。

太害怕了,未来这个充满希望的词,又一次变成了等待这么沮丧的字眼。小等说:"林洱,再等我一年。我回家去陪我母亲一年,一年后我就回这个城市来陪你。"

林洱转过头去,不想说话。小等第一次看到他这样绝望的表情。"如果一年后你母亲还是不同意怎么办?"

小等也低着头:"相信我,一年之后,不管如何,我们都在一起。"

最折磨人的等待不是你在机场等一艘船,因为你心里明白那永远等不到。而是你对等待的那个人断不了念想却又不确定能否等到。

一年后真的能在一起么?

没有一年后,只有两个月后。

两个月后,林洱还是对小等说了分手,说完分手之后就迅速消失,把他留在小等生命中的痕迹全部都抹去。拉黑了扣扣,注销了曾经用过的电话号码,删除了所有的照片和信息。林洱真的走了,用了四年时间等待,只用了四分钟离开。

　　小等魂不守舍，不习惯自己一个人，就想去找他。在一起四年，所有的东西都是藕断丝连，找一个人总是有办法的。

　　可是找到了又能如何呢？小等给他的新号码打电话，林洱爱答不理，很是冷淡。

　　挂电话之前，她隐隐听到一个女人的声音："谁啊，聊这么久。"

　　"没谁，以前一同学。"

　　或许爱情里最忌讳的就是等待，等一个人，或者让一个人等，总有一天都是会累的。

　　那一刻小等终于知道，这个曾经用生命来爱她的男人终于离开她了。

　　我无法形容这种感觉，只知道那段时间，确切地说是两年，小等白天上班，该笑笑，该说说，和没事人儿一样，可是一到晚上睡觉，所有的回忆就全都冒了出来，就一个人在房间里哭。天天如此，哭完了就睡觉，睡醒了继续坚强。

　　故事到这里，终于要完了。

　　我不是她，我无法知道这两年她是如何走出来的。

　　小等说，很多年后，马云突然整顿支付宝，自己的支付宝绑定的还是当年林洱的身份证。无奈之下只好给林洱打了电话，需要他的半身照、身份证扫描件等等一系列东西。他同意了。

　　她怀着无比忐忑的心情打开邮箱，当那张半身照一点一点地在电脑屏幕上刷出来的时候，她突然就觉得什么都风轻云淡了，脱口而出一句："怎么变丑了？"

　　小等的妹妹正好蹲在一旁，她吐出嘴里的瓜子壳，丢了一句："他何曾帅过啊，只是你爱过吧。"

我们总把鲜花比作爱情，
却忘记了它经不起等待。
你紧握手中，
以为它就是你想要的样子。
曾经我觉得，
爱是需要鲜花来证明的。
后来才发现，
它和爱情一样经不起等待。

愿我们的新欢都像旧爱

"

他们彼此相爱,又互相伤害。

你们呢?

前任的电话号码还记得吗?

要约定一起去的地方,去过了吗?

那些前任送的礼物,还悉数收好吗?

"

闺蜜施晓婷要结婚了,结婚对象却不是当年我们以为的那个人。

结婚前一天,我们一群人坐在一起聊天喝酒。我看着她拽着手机,狠狠地输了几遍密码,然后把手机摔到一边:"你妹! 我又忘记密码了。"

有几个人在笑,有几个人面色凝重。这是她这个月第四次忘记自己的手机密码。她真的是记性不好吗? 不是的。很多时候,当你曾用一串数字当过八年手机密码时，你就会很难改变这个习惯了。

——090419，2009 年 4 月 19 日。这是他们在一起的那一天。

知情人都很识趣，并没有在结婚前夕提起旧事，只是默默地将杯中酒一饮而尽。

施晓婷是班上公认的美女，谢向南喜欢她那会，估计追她的人可以组成一个系，我们都觉得他没戏。所以，就连他递上来的情书，晓婷还没来得及看，就被我们宿舍的人垫了火锅底，吃完后带着油印和残渣被舍友娘娘扒到，她一边念着一边咽着嘴里最后一颗肉丸子。一直读到最后一句："我，已经沦陷在你的眼眸。"

娘娘打了个饱嗝，咽了咽口水，继续说道："我打赌，你一定不会喜欢他人模傻样的。不然我就把汤底喝了。"

可是，还没轮到她喝完汤底，我们几个就已经瓜分完毕。

我早已记不清娘娘念的情书里写了些什么，只清楚地记得那顿火锅的香辣美味。

大家都在等着看施晓婷最后会花落谁家的时候，所有的追求者就随着石沉大海的情书一起，如同退潮一般纷纷退去，在排列整齐的阶梯教室里杳无音讯了。

一段时间之后，这个整齐的排列组合像染色体一样重新自由组合了，Y染色体都捆绑上了不同基因的 X 染色体。甚至就连那日在我们宿舍楼下高喊"这辈子我只爱你一个人"的数学系帅哥学长，也搭上了隔壁系的系花。

这就是大多数学生时代的爱情，有太多的人适合，没有独一无二，合则来不合则去。没有人需要对自己许下的诺言负责，还都生活在一个肆无忌惮、敢疯狂说爱的年纪。

施晓婷却丝毫不介意，活跃在社团当志愿者，结交着自己的朋友。谢向南也就这样，如众多追求者一般，退出了我们茶余饭后的话题。原因是，就连比他优秀帅气那么多的数学系学长都被拒绝了，他怎么可能有机会呢。那个时候的爱情观，就是看脸，最起码开始的时候一定是这样的。

之后这个人长成什么样我忘记了，只记得那年我沉迷网游，通宵开荒刷副本，组队打怪混工会。结果：

期末考试的时候，谢向南以第一的成绩告诉我们，他不傻。

期末考试的时候，我以挂科两门的成绩告诉大家，我傻 X。

开学的时候，娘娘被迫拿着一叠书陪我去图书馆自习。

结果却意外地碰见了一起迎面走来的施晓婷和谢向南。谢向南帮施晓婷背着包，施晓婷像是听了一个笑话一样笑靥如花。

我和娘娘愣在原地和身边的人擦肩五百次，被回眸五百次。最后才缓过神来，给彼此确认的眼神，表示对方没有眼瞎，他俩在一起了。

我们狠狠地敲诈了他俩一顿火锅，从此娘娘多了个外号叫"老汤娘娘"。

原来这个男生一直就没有放弃过。她的拒绝在我们的意料之中，而他一如既往的坚持却出乎了我们的意料。

当然，这并不是偶尔今天帮你买个早餐、明天下雨为你送把伞这样的简单，更不是默默无闻地等啊想啊盼啊那样肤浅。

在我没玩网游的时候，这个男孩对她一如既往。

在我刚打怪练级的时候，这个男生对她一如既往。

在我有了自己的工会的时候，这个男生还是对她一如既往。

在我已经征服了所有副本装备牛到 boss 一刀秒的时候，这个男生还是对她一如既往。

很久以后,我曾经听过谢向南朋友对他的调侃:这个人啊,真的是对施晓婷千依百顺、三从四德。这么多年,真的没有在他嘴里听到过一个"不"字。

娘娘一边被叫着"老汤"一边愤愤不平地说着"我一点都不看好他们",结果两人就疯狂地好;娘娘说他们肯定过不了半年,结果他们好到毕业;娘娘说晓婷肯定不是真的爱他,结果陪伴是最长情的告白;娘娘说他肯定受不了她的暴脾气,结果她就装得温顺成一颗肉丸子。

大学毕业时,我记得当时班上有四对情侣,天南地北都有。其中一对,男生是泉州人,女生是辽宁人,男生不能为了女生去北方,女生也不能为了男生留在南方。大学毕业后两人一起去了海岛,爬了南山,他们心里都知道,这是他们能够牵手走过的最后一段路,走完之后,也就各奔东西。

该散的都散了之后,就剩下施晓婷和谢向南这一对。

施晓婷说她不想去谢向南老家,谢向南说那就去她老家;施晓婷说不想回自己老家,谢向南说那就不去老家;施晓婷说想去厦门,谢向南就在厦门买好了房子。

毕业一年后,我们在厦门重聚。谢向南请我们吃火锅。

娘娘看着一碗火锅汤,喝了两口。"大学的时候我们最不看好的,结果走得最远。看来是我眼瞎了。"

那天火锅的味道怎么样我已经记不清了,我只想起两人脸上都挂着幸福的笑容。

可是,谁也想不到,他们在我们所有人都不看好的时候爱得疯狂,却在我们所有人都看好的时候分道扬镳。

2013年底,晓婷轻描淡写地说她分手了。

我差点掉进窨井盖被掀开的坑里。我问她为什么分手,她平静地像在说别人的事。"我回了家,他却坚持留在厦门,就分了。"

都说这世间最残酷的莫过于光阴,最凉薄不过是人心。

他们在一起一千四百六十天,整整四年。谢向南把最好的岁月都给了她,后来她也是一心执着于他。他们一起吃街边小吃,一起看鼓浪屿上的日落,一起在白沙滩上数星星。他们穿着情侣装在人民广场上踏着喷泉说爱情,他和所有人说这是他媳妇。

我无法理解,甚至有一种疯狂的想法,这两个人不在一起,那简直就是天理不容。他那样地爱她,她也是那样地喜欢他。怎么一句分手两个人都被鬼迷心窍了呢。我缓了一口气,又重新稳定下来,安慰自己,这两个人肯定是斗嘴了,最后他们一定会在一起的。

一定会在一起的。

这个念头在我脑海之中挥之不去,直到朋友圈里传来了谢向南的婚讯。谢向南用他全部的热忱与生命给一个人筑了巢,却让另外一个才认识几个月的人当了主人。

谢向南结婚那一天,施晓婷没有去。她不想给自己难堪,也不想让他难堪。她打开电脑删除了两人最后一张合照,烧掉了他最后一件白衬衫。施晓婷说,她想过一万遍在谢向南婚礼上他与新娘彼此说着愿意的样子,想过一万遍要在他婚礼上唱一首歌。可是她还没有想好,婚礼就来了,她措手不及。最后连假装站在他身边的机会都失去了,只剩下“祝你幸福”。

然后她又说没有她的祝福,或许谢向南也会一样幸福。

我看了看谢向南的结婚照,那新娘真的不如施晓婷漂亮,但是笑起来,竟然有那么一丝神似。

施晓婷看着结婚照,笑了。是该放下了。

其实,一直以来,施晓婷都是被爱、被照顾、被追逐、被渴望的人。终于有一天,谢向南没有再跟着施晓婷的脚步一起走,他停下了。这段关系就开始失衡,谢向南走了，施晓婷却成了这场爱情里最大的输家。

原来，一直被爱着的人，才是爱情里没有主动权的那一个。

因为你永远不知道，爱你的人，会停在哪里。

明天，她就要步入婚礼的殿堂，和一个叫沈寄生的男生。两人用半年时间过渡，喝茶共餐看电影，从朋友做起。半年后彼此见了家人，接下含义不轻的红包与祝福。我知道，很多时候，她都会突然想起向南，那样清晰，那样深刻。

看着施晓婷结婚照上的笑容，还有谢向南结婚照上的笑容，都是男左女右，我偷偷地把两张照片重叠了一部分……

不要再问明天你是否依然爱我了。

只是曾经某一个时刻某一个地点，

是那样认真用力地深爱过，

彼此就是对方心中的玫瑰与日落。

如果哪一天真的放下所有，

只愿你身边之人是你的良人。

而过去，

只愿是一场梦，

能够长睡不醒来。

感谢有你，

陪伴着走过了青春。

明天的事情,后天就知道了

"
有些手很久很久牵不到,

有些缠绵只能通过声音,

我们有很多浪漫的计划,

却总是只能搁置在明天。

"

我曾经收到一束花,都是纯手工制作,美得不像话。是悠悠送给我的,这是我平生第一次收到这样用心的礼物。她告诉我,她已经订婚,马上就要结婚。

忘了说,这是一对异地恋,并且结婚了之后很长一段时间,他们或许还将一直异地。

她说,因为异地,就比别人多出很多时间来,可以学一些手工,学习画画,这样多好。

　　在很多人眼中，异地恋最终是一定会草草收场，空留遗憾的。事实也正如大家所见，看惯了太多的案例，见证了太多的分离，异地恋，总是不得好死的。

　　当年我异地恋的时候，她就义正词严地说："打死我也一定不会异地的，想见不能见太 TM 痛苦了。"

　　我笑着说："那是你不知道，异地恋就像花香，闻得到但是看不着摸不着，感觉十分美好，只是温暖不到人。"

　　悠悠不屑一顾地看着我。"算了算了，你就继续孤芳自赏吧。我这么没耐心的人，一定谈不好异地恋的，所以就不自虐了。"

　　但是万万没想到，就在我们大学毕业前的第二个月，悠悠的爱情来了，她遇见了陈辰。

　　可是在这之前悠悠已经被选调去了偏远小山村，陈辰则早就签约了家乡一家企业，两人都无法为对方改变既定的行程。毕业迫在眉睫，所以，还没有开始就注定了这是一场相距几百里之遥的爱情。

　　爱就爱了。悠悠比我还傻得头撞南墙也不回头，2011 年毕业那天，两人竟然在一起了。

　　悠悠勇敢地说："那就在一起呗。2012 年不就是末日了吗，反正也没几天就要死了，为什么我们还要辜负彼此。"

　　从此，悠悠的人生里真的就是这个人了。明天的计划，后天的行程，全都把陈辰加了进去。甚至两人还计划好 2012 年 12 月 22 日的时候到泰山去，在最高的地方一同等待末日的到来。

　　最辛苦的不是两地相隔的爱情，而是明明相爱，却不敢想未来。所以，他俩也只敢把计划罗列到末日的那一天。

整个 2012 年，我都和悠悠一同在农村基层一边奋战一边等待着末日的到来。

我们两人在一起的时候，她真的是三句话离不开她的陈先生。

她说，和陈辰在一起就像在手机里养了个宠物，每天口头嘘寒问暖，定时定点交换情话。

她说，每一张火车票根都是真爱的见证啊，如果不是爱，谁会翻山越岭去睡他啊。

她说，他的问候啊就像每天晚间新闻一样准时，每晚都能唱一段安眠的小情歌。

终于，2012 年 12 月 21 日到了。

悠悠早早地请了假，从南方飘到了北方。那日两人在泰山之巅坐着，看日头从西面下沉又从东面上升。结果，末日迟到了。两人四肢健全头脑清醒地躺在泰山顶上，初升的阳光温柔无比地拂过两人的脸庞，真的再没有比这样更好的时光了。

末日之后呢，两个人彼此心中都清楚，好像已经站在了人生的岔路口，所谓未来，只剩现在。

悠悠好气又好笑。"太好了，你看末日都舍不得让我们分开，还有很多未来的日子继续相爱。"

陈辰抱着悠悠。"是呀，如果每天早上醒来你和阳光都在，那是多美好的未来。"

告别了末日，我看着悠悠又是一脸幸福地回到了没有陈辰的幸福生活之中。

可是接下来的剧情，急转直下。

悠悠一个人。

电脑坏了,灯泡坏了,水管坏了,一面墙的维修电话,各种技能 get,最后跟修理师傅都混成了好朋友。

一个人吃饭,一个人睡觉,一个人上班下班逛街独处看电影,两个人的爱情过出了一个人的"赶脚"。

加班回到家一个人,自己倒腾泡面吃。就在开水烧好倒进水壶的时候水壶倒了,碎了一地,悠悠忍不住坐在地上抽泣了起来。一圈黑漆漆的,但凡一点儿声响都能听到回声,心里空荡荡的。当下的快乐与忧伤都没有办法即时分享,欢笑落泪都不能拥抱。

为什么每次需要陈辰的时候他都不在,有时候悠悠也想着有这个男朋友真的是跟没有一样。

最后一次崩溃,是午夜零点,悠悠发烧到四十二度,她真担心自己会死掉。强撑着爬起来一个人打车去医院,一个人挂急诊、打点滴。陈辰事业心重,第二天又有很重要的客户要见,她不敢吵醒他,担心他一着急会出问题。

明明是悠悠自己不肯打电话给陈辰,可她当时就是觉得委屈。第二天陈辰坐了四个小时火车赶来,悠悠抱着他哭。

等到悠悠抽抽搭搭止住了眼泪,他突然说:"如果你真的这么痛苦,那我们就分手吧。"语气镇定自若。

很奇怪,悠悠说,那一刻她特别冷静,抹干眼泪就说"好"。

陈辰迅速留下买的水果和礼物,离开。

悠悠和陈辰就这样分手了。

两个月后,我们才听说两人分手了。

身边的人知道了以后都气得直跳脚,准备组团去揍陈辰一顿。大家协商后决定两周后出发。

我们网购的刀枪棍棒还没有发货，陈辰的哥们大豪先来了，给我们看了陈辰的近照。这哪是陈辰啊，整一个流浪汉，满脸憔悴，胡茬，长发。

大豪拿着照片和悠悠说，和好吧。其实阿辰是舍不得让你受委屈，他真的是想让你过得更好啊。

悠悠看着照片又心疼又着急又好笑，突然手机叮咚一下："大豪是不是去找你了，你千万别看照片上那狗样子啊。"

悠悠看着短信又哭又笑。

两人就这样和好了。

其实那天陈辰在火车站蹲了一夜，这辈子他头一回觉得自己那么没用。他想过很多很多次未来，却在失去的那一刻才发现，这一刻连下一刻会发生什么都猜测不到，凭什么去计划那么多的未来。

未来那样动荡，会让人害怕，会软弱，会不自信，会迷茫不知所措。但是，当他们重新牵起手的那一刻，两人幡然醒悟。异地并不是去把未来这件事情藏起来，或者摆出来，而是两人慢慢地成长，共同抵达。

如果说我们不知道明天会怎么样，那么，后天就知道了呀。

悠悠说，这条路很长，好在一辈子也很长，可以彼此慢慢一起走。

你在身边的时候，
你就是整个世界。
你不在身边的时候，
整个世界都是你。
每天一个人吃饭唱歌走走停停，

每天一个人读书写字上班就寝。

我们也有相爱的人，

只是他不在身边。

我们是苦逼的异地恋，

但我们是坚强勇敢的异地恋。

我们不怕距离时间，

我们不怕思念，

我们是打不死的异地恋。

找到和你频率一样的那个人

"

两台不同型号对讲机怎样才能对话呢？

很简单，

只要在一个频率上就行了。

"

有的人喜欢去夜店，喝酒放荡；有的人喜欢宅家独处，听歌看书；有的人喜欢翻山越岭，徒步蹦极。每当听到别人说"这些人的世界真神奇"，我总是会说一句很欠揍的话："这关你什么事。"

每个人都有自己的价值观，物以类聚，人以群分。你永远无法改变别人，就像别人也永远无法改变你一样。如果能遇到和你观念一致，愿意停下脚步陪你的同类，就是这个世界上最幸运的事情。

燕子热情奔放，活泼美丽，很多男生对她朝思暮想。从小到大，她一直不乏追求者，其中也有一些条件不错的，比方孟睿。

孟睿是那种所到之处都会引起一小片"暴动"的阳光帅气男生，运动细胞发达，可以"承包"运动场上所有围观的女生。如此出众的男生，身后追逐的女生自然也不计其数，而这个男神级人物眼里，却只有燕子。

孟睿给燕子送过玫瑰，在情人节的时候；孟睿约燕子看过电影，是他最爱的欧美大片；孟睿请燕子吃过饭，在他家附近的饭馆。可是两人却一直以朋友相处，时间一久，在大家眼里，他们在一起是迟早的事。毕竟在所有人看来，燕子和孟睿是一个世界的人。

可是，就在毕业后一个多月，一群人聚会唱 K，燕子和阿泽牵手出现在了我们面前。

那一刻，连吼得正起劲的《死了都要爱》都卡在喉咙里出不来，全场安静得像要给孟睿的爱情上坟一样沉寂。

为了打破沉寂，也为了满足所有人的好奇心，我毫不避讳地问："燕子，你们……是什么时候在一起的？"

燕子笑笑："就在他抱着流氓兔追了我几条大街的时候啊。"

阿泽腼腆内敛，是燕子的青梅竹马。在所有人眼里，他从来没有追过燕子，根本就没有想过，这个从来都默默无闻的男生竟然跳出来成了最大的黑马。

一群人里有个女生是孟睿的爱慕者，一半窃喜一半偷乐又假装严肃地脱口而出："那孟睿呢？他绝对是理想情人啊。"

燕子笑笑，只是说："我们一直都是好朋友啊。"

　　就在所有人都为这一对郎才女貌可惜，又发自内心地祝福他们的时候，我突然想起，我和燕子能成为好朋友，并不是因为我们在这个广袤的世界相遇了，而是我们高兴时可以分享快乐，悲伤时可以相互陪伴。我们都喜欢听石久让的音乐，看宫崎骏的动画，念北岛、顾城的诗。

　　世界上每个人的频率都是不同的，这其实和什么阶层地位、物质基础都没有关系，而是两个人有相似的经历，一致的价值观和人生观，可以为了相似的目标并肩同行，一个眼神就能知道对方想的是什么，一个话题就能拉扯出许多幸福。

　　而爱情也正是如此，两个人都是独一无二的自己，却在共同的频率下能产生共振。

　　后来，燕子说："和阿泽在一起总是有很多话题能聊，说话又不用解释半天。每次出行，他会比我还早到，收拾好所有的东西在我家楼下等我。我喜欢纪念版的萌娃，他也喜欢，我们就一起一大早去排队抢购。他是一个无肉不欢的吃货，我也是，所以我们每到一个地方都可以把那个地方的美食先尝个遍；我们都喜欢二次元动漫……"

　　当燕子说出这些话的时候，我们都明白了为什么最后她是和阿泽在一起。因为她没有办法和孟睿在同一个频率上。记得每次我们一群人有聚会活动，燕子总是最早到的那一个，而迟到的往往都是孟睿，没有迟个十几二十分钟就好像会要了他的命一样。燕子有几次很生气，愤愤地要离开，我们以为她是在赌气，其实这是两个人不在同一个频率上。

　　我们带着傲娇和无耻的眼神望了望阿泽，坏笑道：你呢，你是什么时候开始喜欢燕子的？

　　阿泽腼腆地笑了笑。"你们不知道。十六岁那年，我第一次发现世上不是只有恐怖片会让人瞬间心跳加速，燕子也会。而与贞子不同的是，寒毛并没有竖起来。"

世界上最好的爱情，或许并不是郎才女貌，也不是才子佳人。而是你在等着高富帅，却爱上了一个穷屌丝；你本来寻寻觅觅绝世气质美女，却被一个小胖妞收了心。所以别给爱人设定一个标准，没有完美的爱人。

今天，我收到了燕子从龙岩发来的请帖。两个人如今已经度过了七年之痒，即将步入婚礼的殿堂。我笑着对燕子说，这一辈子很长，你们一定要好好爱，好好玩。希望两个人能够妙笔生花，过出所有的美好来。

原来，最适合你的人是一个愿意珍惜你，有着共同步伐的人。

最后，愿你能找到那个和你在一个频率的人。

心动不叫爱，心定才是。

相爱不是为了分开，是为了陪伴。

一直到最后，老的那天，称对方"老伴"。

这个世上有人喜欢鲜花、电影和红酒，

有人喜欢狗、动漫和小吃，

有人喜欢书、旅行和摄影，

有人喜欢茶、舞蹈和唱歌，

愿你能找到那个和你在一个频率的人，

然后，有情、有趣地度过一生。

那条路上的你我他,有谁迷路了吗

"

你知道背井离乡的人最怕什么?

没有人陪。

"

那一年,我响应大学生下基层的号召去了农村,小简却进城去了南京。我在单行机耕路上颠沛着青春,她在地铁一号线的起始站上抢占座位。

每次我都会把阡陌交通的旷野拍下来给她发过去,她总是嘲笑我在穷乡僻壤里小心嫁不出去。可是,她在车水马龙的南京也依然形单影只。

小简去南京是为了高然。小简是在大二那年遇到的他,遇见了之后她的生活就像她的名字一样简洁,简洁得只剩一个高然。小简有个梦想,在乡下老家开一个农场，种花喂马。当初两人在一起的时候就说好，要一起做一对快乐的闲云野鹤。

我们都嘲笑他俩，年纪轻轻的就想着养老。

大学毕业是分水岭，很多爱情梦想都在这里分道扬镳了。简洁和高然买了同一班车回老家，最后接车的时候，我却在火车站，接到泪流满面的小简，不见高然。

小简说，上车前，高然临时改了车票去了南京。他说："小简，你先回家，我出去打拼两年再回来。"

我一口一个"混蛋"骂着高然没良心。小简一愣，瞬间用提高了八个分贝的嗓门说："不许你这么说他！"顿时心里有一万头草泥马奔腾而过。

可在我那一万头草泥马留下的脚印还在我心头没有消逝的时候，小简又派来一万头草泥马摧毁我的"三观"：高然在南京扎了根，依然决口不提回家二字，更不用说什么种花喂马这种扯淡。

听到这个消息，是在毕业两年后。小简正收拾了东西准备去南京。

我看着拎着大包小包的小简："梦想不要了？"

小简："爱情都没有了，梦想有什么用。"

我："爱情是两个人的，梦想才是你自己的啊。"

小简："我梦想里的主角就是他啊。"

我拦不住她。只能眼睁睁地看着她奋不顾身冲向南京南。

天气预报说，南京有雾霾，晚上风很大，天气有点冷。可是那天晚上小简给我打电话的时候，整座南京城都好像在号啕大哭。

小简抱着电话却没有一滴眼泪，她说："高然说已经不爱我了，早在他来南京一年后。"

我早料到，心平气和地说："那你就给我死回来。"

她说："心死在那里了，回不来了。"

我说："回来种花喂马！我给你开荒去。"

她说："我想留在南京。"

我还是劝不动小简，她果然一个人默默地在那座城市留了下来。并且向我们发誓，一定要混出点人模狗样才回来见我们。可我们都知道她真的放不下的，是高然。

所有人去陌生城市，总会有个朋友亲戚照应，而她，除了自己什么都没有。最后小简和两个陌生女孩合租，一起挤在三房的小公寓里。

南京的冬天很冷，出租房里没有暖气，没有空调，小简坚强着没有哭。她说她不敢哭，怕眼泪一流出来就会变成冰柱挂在脸上，最后她会变成一座冰雕。

安定下来第二天，小简就海投五十份简历坐等回音，手机收到的却是五个推销电话，三个你中了《非常6+1》特别奖，两个有旺铺招租，还有一个是母亲打来的。

母亲说："你刚到南京，一切还习惯么？"

小简突然鼻尖酸了一下，乐呵呵地说："当然，这里不是有高然嘛。"

冬天的南京真是冷啊，是带点水汽的那种湿冷，恨不得在你脸上刮出一点热气来。小简不断穿过南京疾驰的车流，在路口被一个拿着广告单的男孩拦住。他问小简要电话号码，还塞了一张广告单子，是某家会所招聘兼职模特，广告单花俏炫丽，带着诱惑和暧昧：来这里走走模特步，拍拍平面就能赚到价格不菲的报酬。

真是诱人的职业啊。小简把广告单塞进空空的口袋继续往前走。

终于在二十个未知号码来电之后，一家策划公司收留了她。

小简突然感觉电话那头前台小姐温柔甜美的声音比高然的甜言蜜语还要动听许多。毕竟爱情伤心，没钱要命。

小简就这样一个人在没有亲戚没有朋友甚至没有高然的城市里，像杂草一般地活了下来。每天早上挤第一班地铁，和小摊小贩砍价，以及承担一切劳力苦力。

小简依然会放不下高然。

小简给高然打电话，开会。

小简约高然一起吃饭，应酬。

小简想见高然一面，太晚了。

打多了，高然索性就挂了电话。

之后——

想去见高然的时候，她就上班开会写策划和老板汇报和客户沟通最后笑着给爹娘打电话。

想给高然打电话时，她就上班开会写策划和老板汇报和客户沟通最后笑着给爹娘打电话。

对高然绝望的时候，她就上班开会写策划和老板汇报和客户沟通最后笑着给爹娘打电话。

我再见到小简的时候，是第二年的暮春了。刚好出差到南京，深夜在她租来的小屋里，她和我讲述着这些时间以来那种难以言说的孤苦，那种悲痛难以自抑的绝望。

我一本正经地安慰她，世界不会因为你难过而停下脚步，反而越走越往前，生活还在继续，更不能因为一件事情而放弃所有……我还没打开话匣子，小简含着泪点着头说："谢谢啊，这些道理其实我都懂，可是我真的爱高然啊。"

听到这里，我瞬间有种从高处掉下来的感觉。那些持之有故的大道理，那些成体系的恋爱哲学，其实都抵不过三个字：真的爱！

其实小简何必承受这样的辛苦，她本是家中的独生女，虽然算不上富裕却也衣食无忧。

"为什么不回去呢？"我开了口。

小简笑笑："其实是根本没办法开口，当初自己决然地离开家，然后就这样撑着，变成如今的自己。"

"后来呢？"

"后来啊，南京下最后一场雪的时候，我在大街上遇见了高然和他的新女朋友。皮肤白净，大长腿，脾气泼辣有翘臀，甩开我十条街。高然似乎想打招呼，可是我径直走过，然后哭成了狗。"

"不是，我问的是你。"

小简说："后来我就上班开会写策划和老板汇报和客户沟通，忙到自顾不暇的时候真的就觉得没那么多时间精力让你去崩溃发泄诉苦和歇斯底里了。"

我走了以后，小简继续上班开会写策划和老板汇报和客户沟通，我呢继续出差码字出差码字出差码字。小简工作能力强，爱工作就像爱对象一样，升职很快，再次听到她消息的时候已经是策划部门的主管了。我以为她真的从高然的影子里走出来了，特别为她高兴。

如果这时候出现一个男神收了小简就好了。

可是，并没有。

如果这时候高然和他的大长腿恩爱到死就好了。

可是，并没有。

如果高然没有找小简就好了。

可是，他找了。

如果小简没有去就好了。

可是，她去了。

两个人坐在十全街的一家小饭馆里。

小简吃菜，高然喝酒。

最后小简撑得胃疼，高然喝得人事不省。

高然哭爹喊娘地闹着说是他当初瞎了眼怎么会喜欢上那大长腿。小简憋着不出声，心想是我当初瞎了眼才看上了你吧。

可是小简还是原谅了高然。

这傻帽，我们都以为她已经完全放弃的时候，高然给了她一丝意味不明的希望。然后又飞蛾扑火，内心被这一点希望照得无比明亮。

大家都不看好他们，纷纷打电话劝小简好马不吃回头草。她听我们一大堆人说了一大堆，最后说了一句话："可是我还是喜欢他啊。"

"我还是喜欢他啊。"这句话一出来，没有人再想说什么了。那个横亘在生命里非爱不可的人，我们都曾有过。我们都懂那种感觉，因为那样强烈地想要去爱那个人，所以前方无论是什么，都会义无反顾地冲上去。即便是花光自己所有的美好，只为陪那个人走上一程也心甘情愿。

这是小简的选择，没人能代她选择。即便无法走到最后，她也不会后悔。

接下来的日子，他们也会像情侣一样去新街口看电影，也去星巴克喝咖啡。小简吃着奇怪的蛋糕，高然抽着莫名其妙的烟。

小简以为日子会一直这样继续下去。

秋天结束的时候，高然好像彻底痊愈了。开始打扮自己，风衣围巾，各种腰带，微信陌陌，还注册了婚恋网站。在南京下第二场雪的时候，高然又有了新女朋友,皮肤白净,大长腿,甩开小简十条街。

这以后,高然又慢慢消失在小简的生活里。

这一次,小简谁也没有告诉,没说一句挽留的话。

几个月后,高然回了老家。

前段时间同学聚会,高然带着新女朋友出席聚会的时候,我们才知道他们最终没有在一起。高然笑着和所有人介绍身边的大长腿和自己的婚期。高然说,他和他大长腿就要回家定居了,他们打算……

后面讲了什么我已经听不清了,我偷偷拿起手机给小简发了一张照片,说给你介绍个对象呗。当然不是高然,是她最爱的小鲜肉宋仲基。

小简回复得很快:我刚洗完澡,你不要刺激我。

如今,她终究还是在这座城市坚持了下来,不是为了梦想也不是为了爱情,没有出卖灵魂出卖自由。她的每一步都是自己的选择,无人逼迫。

高然离开的那天,小简明明知道该去送的那个人不是她。可是,她还是去了车站,躲在出发层的角落。

小简说想再看他一眼,虽然他放弃了她,离开了她,伤害了她,可就是想再看一眼。

无数人在车站分别,有的人拥抱,有的人挥手,有的人眼神在碰撞,有的人在擦肩。最后小简还是没有看到高然,因为没有看见,所以没有伤心。只是她突然感觉这座城市更加空了。她坐在车里,看着车站的人越来越多到越来越少到又多了起来,太阳从东边到了西边,才肯回了家。

身边的人来来去去川流不息,
但世界好像又是这样的形单影只。

爱是互相亏欠

"

凡事都不可亏欠人。

唯有真爱，

却常有亏欠。

"

多年不见的朋友突然找上门来，他已销声匿迹许久。我的第一反应是结婚，第二反应是借钱。请原谅我这样邪恶的想法，毕竟这个世道除了结婚和借钱，要让一个多年不联系的人找你太难了。

我正襟危坐地在电脑面前打游戏，实在不想接电话。却一个键按下去，电话自动接通了。我一愣，被最后一个大 boss 秒杀。电话那边传来微弱无力的声音："六米，你有没有时间？"

半个小时之后，我见到了一脸疲倦的梁子。只要不是借钱和结婚这样伤钱的事，我还是很愿意谈谈感情的。我想了想上次我们见面的时间，六年前，还是八年前，我不记得了。

梁子看到我，笑着说："本来我一直想给你送请帖，最后却变成了要和你讲故事。"

我已经记不清和梁子认识多久了，但是梁子却清楚地记得，他和他女神一共认识两千九百二十五天，在一起七百三十五天。

女神名叫乔伊，听着就是个女神的名字。不化妆，爱素颜，胸小。大四毕业会演的时候，乔伊上台跳了一段爵士，本来大概就梁子一个人知道她胸小，那天以后，全校都知道了。梁子就在那天告的白，上台献花，结果全校都知道梁子喜欢乔伊了。

梁子说，他对乔伊是一见钟情，认识那天就喜欢上了，不化妆，穿衣随便，却真的好看，让人觉得舒服。乔伊身边追她的人太多，每天总有新的敌人出现，梁子便一直默默地站在好哥们的位置照顾她，直到毕业晚会才敢冒着绝交的危险告白。

梁子低头，想了想继续说："这辈子乔伊一定是最适合我的人，无论哪一方面。或许这辈子，我们只能是彼此亏欠了。"

乔伊不仅是梁子的女神，还是公认的女神。梁子还真不知道自己是怎样的好运气，在全校的见证之下，光荣升级为最拉仇恨的国民情敌。

这么好的姑娘跟了他，梁子自然是什么都给她最好的，因为精神上他给出了所有，所以物质上也不能亏待了乔伊。梁子并不知道乔伊家是做什么的，乔伊也从来不提自己的事。只要是一起出去，梁子绝对不会让乔伊花一分钱。

梁子去接乔伊约会，都会准备好她爱的零食，把歌调到她最爱听的那一首，让她时刻都能有好心情。乔伊不喜欢梁子抽烟，可是他又戒不了，只好偷偷躲到厨房开着抽油烟机抽烟。乔伊养着一只泰迪，结果泰迪跟梁子比跟乔伊多，亲梁子比亲乔伊多。

乔伊有时候会开玩笑，说："姐姐放着开几百万宾利的高富帅不要，竟然坐你这辆二手马自达。"其实梁子心中觉得有所亏欠，脸上却是露出甜蜜的笑意。因为乔伊太好，所以梁子就会时刻想用最好的去偿还。可是他什么都没有，唯一拥有的就是一辈子爱她的心与陪伴她的时间。

可是女神终归是女神，她总是有梁子无法触及的生活，她总是有梁子无法知道的隐私，她总是有梁子无法抵达的领域。女神会时不时地消失，然后莫名其妙地又出现。乔伊消失的时候，梁子是永远也找不到她的。

有一次半夜，乔伊喝多了。梁子看着千娇百媚的女神变成一个厉鬼上身的泼妇，心里有些难过。他认认真真地帮乔伊吹干了头发，乔伊哭着趴在梁子的肩上说，其实她一点也不好，让梁子离开。

不知道梁子是不懂什么叫吃醋，还是过于相信，抑或是本身少根筋，他对乔伊说："不管你经历了什么，我不跟你计较，只要最后是我就行了。"

这事儿挺奇妙的，乔伊像变了一个人似的，有相当长的一段时间，大概是三个月，两人好到绝了。梁子每天等着乔伊起床，开车去送她上班。然后逛街吃饭，再把她送回去。乔伊点的全都是梁子爱吃的，梁子点了所有乔伊爱吃的，那一刻，梁子觉得幸福的含义也就是这样了。

如果没有什么意外，我想我应该写到这里准备去包一个红包了。可是，却出了事。

两周年纪念的时候，两人说好去成都，可以寻访美食，度度假日，结果飞机、酒店都订好了以后，乔伊家里出事了。

梁子说，快回家，家里重要啊。

事情有多严重梁子并不知道，只是那时候梁子才知道乔伊有个有钱的父亲和任性的小妈。可是在家里出了事之后，一个逃到了国外，一个跟着别的男人跑了，剩下一屁股债丢给乔伊。走投无路的乔伊带着一个男人出现在梁子面前，说他们要结婚了。

梁子无法接受，冲上去要打那个男人。可是乔伊说："他可以帮我们家渡过难关。你可以吗！"

梁子再也不知道说什么好，扯上了钱好像什么事情都会变质。梁子笑了笑，原谅了乔伊，很从容地说："我不怪你，但你再也遇不到比我更好的人了，不过我真的希望你能嫁得好。还有，我一定会成为一个特别牛的人，证明给你看，你当初没跟错人。"

这一次，梁子头也不回地走掉了，悄无声息地去了一线城市。

后来，梁子大约是赚了钱回来。

朋友告诉他，乔伊压根就没有和那个男的在一起。

我问他，你还爱她吗？

他说，爱就是互相亏欠吧。

一辈子，我们欠过很多东西：钱、人情、承诺或者其他。

无论哪一样，欠下了都是伤害，唯有爱情，常有亏欠，是不忍伤害。

我再主动，也活不成你喜欢的样子

"

你有没有遇见过这样的人？

洗澡的时候擦擦手上的泡沫也要秒回他的微信；

困得要死还要拼命揉揉眼睛等到对方说晚安；

聊天的时候即便一边开着度娘，

也要让对方觉得和你有共同话题和爱好。

"

我把这段话发到朋友圈，姐们赵娓娓一个电话就轰了过来，大吼道：这特么不就是说我么，你咋不写我的故事呢。

本来我没打算写，被她一提醒，我决定和大伙分享一下这个旷世豪姐的尘埃往事。

这样的人，她的确遇到过，并且至今还在怀念自己当时那种不计得失、爱情最大的傻模样。

这个人就是她使尽浑身解数都想讨好的人，是她改变身上几十亿细胞的基因都想在一起的人，是她拿所有长处去死命示好的人。

赵娓娓是个北方妹子，性格豪爽得像个爷们，别看她取了个挺羞答答的名字，我们都管她叫"娓姐"！

只要我们谁被欺负了，给我们出头的一准是她，所以很多时候我们可以没有男人，但是不能没有她。

大二那年，赵娓娓那无耻的青春期荷尔蒙竟然在张辞身上开了花，笨手笨脚地在爱里探索着青涩的果子。

张辞是什么人呢？湖州人，典型的江南男子，长得特别清秀，是我们学校红城文学社的一员，内在完全不知。为了这号人物，对文史一窍不通的赵娓娓，竟然屁颠屁颠地缠着我也要进文学社。

当时社团纳新，都是大一新生来申请的，这家伙竟然死皮赖脸地混进一群新生的队伍里交了表格。

最后，我不忍心看到她爱情的小船翻在我手里，开了后门让她进了，以至于直到今天我还在后悔这个决定。

因为娓姐真的是在喜欢人这件事上，发挥超常了。

从部门开会第一天起，她就以相互交流学习的名义加了人家的扣扣（我要解释一下，当时还没有微信），要了人家的电话。

然后，娓姐成功晋级为无所不知的女侦探。翻遍他空间的每一个角落，就连资料和个性签名，甚至相册旁边的备注都没放过，把所有张辞喜欢的明星、书籍、歌曲、兴趣爱好搜罗了个遍。

娓姐说，突然感觉自己学了很多东西，这个世界上竟然还有这么多她不知道的事。

我没听出啥意思来，只是从此她的手机铃声从原来的民谣默默变成了BIGBANG 的歌曲，从以前一直挑着面馆进的娘们愣是变成了吃米饭的南方妹子。

我们还一度以为这是她在南方待久了，成功被我们熏陶感化了，暗暗窃喜了一阵子。

直到有一次社里聚会，她点了一堆辣菜，然后张辞看着说："娓娓，你这菜点得真好，都是我爱吃的啊。"

我看着一脸窃笑的赵娓娓，才知道原来她在这里等着呢。

不知道是男神这一句话给了她动力，还是感觉自己希望更大了，接下去的剧情更是让人叹为观止。

两人终于开始慢慢地聊了起来，虽然多数是娓姐主动，但是她坚信一点，所有的付出都是有回报的。

大概真的是有回报的，比方说，短信更加频繁了，见面更加多了，好像张辞真的很喜欢和娓姐聊天，感觉总是有很多话题。

其实我们都知道，娓姐和她男神聊扣扣的时候总是在百度，时不时还蹦出几个问题来考我们一下。

她不知道从哪里得知张辞的女神是蔡妍，没过多久，就从一个素面朝天的土包子进化成了一个粉底面霜腮红口红眉笔面膜样样精通的化妆师，招蜂引蝶地吸引了一票男生投来口水脸。

还有明明就是一个心眼比马桶盖还大的姑娘，愣是装出了小家碧玉的模样，我瞅着那股劲都像是便秘。

对于赵娓娓的这一系列变化，我们都没有在意。

毕竟在爱情里遇到能让你付出的事物或者人，那是一种运气。能遇到就该珍惜。不管最后能不能在一起，都能真心实意地感受到一股力量，让你变成更好的你。

也不知道过了多久，大概是娓姐觉得自己已经改变到足够成为对方理想型女友的时候，她决定表白。

当时正好社里通知开会，又正好是我通知的。为了给两人营造美好的气氛，我特意将他们两人的开会时间比其他人提早了半个小时。

我想想自己也是真机智，不干媒婆这行都可惜。

看着娓娓信心满满的样子，我都准备好吃他俩请的饭了。

结果，半个小时后，我和其他社员陆续到场时，娓娓一脸微笑地告诉我，她被拒绝了。原因很简单，对方说，他一直把娓姐当作哥们，很合得来，很投缘，但真没有别的意思。

我很替娓姐难过，毕竟她的付出和改变我是看在眼里的。只要是张辞推荐的书，她哪怕看不进去，也要硬着头皮去看；张辞不喜欢胖女生，她便从58kg速降到45kg；张辞的爱好，大概她都能倒背如流了。

甚至我仔细看了看娓姐，都有点不像我认识的娓姐了。以前的她豪放热情，待人真诚，大口吃面，大声骂娘，一骨子东北娘们的泼辣和爽快，而如今的她，却让我突然有一种无力感。

我们都安慰她说，还有更好的，别在一根绳上吊死。

可是偏偏她就在这根绳上吊死了。

告白失败以后，娓姐认真分析了失败的原因，她觉得肯定是自己做得还不够，没有变成张辞喜欢的模样。

她依然减肥。

她依然吃辣。

她依然化妆。

她依然收起她东北娘们的豪放。

她依然努力进化自己小家碧玉的涵养。

随着故事一点点被现实诠释，我们似乎已经看到了"剧终"二字横亘在两人之间。

不知道是什么时候，张辞身边突然出现了一个女生，大大咧咧得要命，素面朝天，还有一点儿婴儿肥，笑起来肆无忌惮，闹起来疯狂不驯。

娓娓这才恍然大悟，所谓把自己改变成对方喜欢的类型，就能让对方喜欢上自己，不过就是爱情里主观上的形而上学，对于客观事实，根本无济于事。

娓娓本来最讨厌运动，因为喜欢上了张辞，每天蹲点篮球场雷打不动地整整看了五个学期。后来，她也眼睁睁地看着张辞和那位姑娘出双入对，好得找不到一丝破绽。

她骨子里还是有东北娘们的豪气的，一滴眼泪没掉，一句废话没说，一点挽留意思都没有。

只是，她的难过，我们看在眼里；她的付出，我们看在眼里；她的挣扎，我们也看在眼里。

或许，我们对于渴望的事情，目的性太强了。

又或许，对于改变，我们总是寄予了太多的希望。

特别是当改变到了一定程度，带来一些看似阶段性胜利的时候，对它的依赖性就更强了。

可是我们却忘了，改变自己和让一个人喜欢上的主体，根本不是同一个。硬是要把这两者牵扯成因果关系，是不是犯了逻辑性的错误呢。

后来，张辞做了 BIGBANG 的伴奏发朋友圈，提问大家是什么歌。娓娓随手打了歌名。他就惊讶了，回复说，你居然也听 BIGBANG 的歌啊。

赵娓娓突然笑了。

她突然想起这些年，自己是真的喜欢 BIGBANG 吗？

这些年里，娓娓是那么认真地爱过一个人。但是等回归自我的时候，她发现这一切的改变和付出，真的都有些矫枉过正了。

之后的时间里，她一个人过得还不错，逐渐又成了骨子里那个风风火火的自己。

有时候我们都在爱情里变得不像自己了。

为了合适的距离，

放弃了多少初衷。

不要再去为谁改变了。

如果喜欢爬山，就不要为了什么去游泳。

如果喜欢流浪，就不要为了什么去安定。

如果喜欢画画，就不要为了什么去写字。

偏执狂没有希望

"

掉进深水里，

越是用力挣扎，

就越是接近死亡。

听说爱情也是如此，

花光力气的都没好结果。

"

　　青春期里的我，曾一度把执着当成是种美德，偏执地认为，不极致的都不叫爱，但凡能离开的都不够爱。那时候自以为活成了爱情里的一个神话，现在想想不过就是别人眼中的一个笑话。

　　我是在大三的时候认识夏青的。那时候我俩都在学生会，我在宣传部，她在文艺部。当时我走的是女神经路线，而她是典型的文艺青年。

和她熟起来是五四合唱晚会的时候，舞台主要由我们两个部门负责。连续忙了一个月之后晚会顺利收官，那天晚上她说，走，大家去老江湖喝酒庆祝一下吧！

我当时就震惊了，你一个文艺青年天天穿碎花扮小清新，怎么也会喜欢烧烤摊啊！

在我的记忆里，那是个特别凉爽的夜晚，在简易棚子里，我们两个部门的人一边喝酒一边玩骰子，输了就喝酒，结果谁也不是她的对手。自打那次起，我和夏青就成了好朋友。

后来才发现她其实是那种会聊天，有梦想，又爱玩，执行力也很强的女孩。刚好学生会主席换届，我们都看好她竞选主席，她却突然退了部门。别人说她蠢，她和我说，大学就四年，还有好多事情没做呢，她想开家店，想去一次西藏，还要……反正罗列了满满的一堆。

本以为她只是一时心血来潮，结果她真的去做了。

我在画海报的时候她开了店，我在打麻将的时候她去了西藏，我在郊游的时候她出了第一本杂记。反正那时候夏同学精彩的生活简直能够编入教科书，奇谈经历多得不得了，一跃成为校园里的传奇人物。

可惜每次和我们聚会的时候，她的女神形象就会荡然无存，喝酒玩骰子撒欢的本事，我拍马都赶不上。

大四的时候，她遇上了自己的白马王子，是一遇上就喜欢到丧心病狂的那种。起初他俩在一起的时候，我们都很看好这一对，总觉得夏青这样的好姑娘，但凡是个男人都会想要好好疼爱她的。

那段时间，夏青停止了所有工作，每天唯一做的事就是和他在一起。

我们都以为小两口过得不错，直到后来有一回他俩闹分手，夏青冒着大雨在那男生宿舍楼下整整等了一个小时，对方还是躺在床上玩电脑一丝不动的时候，我们才知道，他俩是真的不合适。

那哥们的室友看不下去，死活把他从四楼的上铺拽了下来，丢到夏青面前。男生憋了半天对夏青说："我们不合适。"

还没等夏青说出挽留的话，他就已经只留下一个背影。

我们都劝她放弃，可是遇到了爱情，再独立自主的姑娘也不会比正常人理智到哪里去。她还是不死心：万一他是在开玩笑，万一我们还有可能，万一他明天就想明白了我们才是一对。对啊，凡事总有个万一。

夏青说："这辈子来世上就没打算活着回去，如果随随便便就能离开，算得上是爱吗？我就是喜欢他，无论我做什么，都是自愿的。"

夏青有了一套自己的爱情哲学，于是，这场风花雪月的爱情里面只剩下了她一个人，独自回忆起画面里的美好，怀抱着好像只要一根稻草就能随时压垮的希望。

这才没多久，好好的一个人就整整瘦了一大圈。我们看不下去，帮她约了那哥们出来喝酒，结果那男的带了一女生来。

我们都愣了，只有夏青比谁都平静，端起杯子对那男生说：为了我们的爱情干杯。男生没有说话，也没有其他反应。夏青看了看大家，最后只好笑笑说：那为了我爱你干杯。

那天，我们第一次看到夏青喝多了，一直都很冷静的她突然发飙了，闹得一桌子的人鸡飞狗跳。她扯着那男生的衣领破口大骂，"老江湖"都差点被她砸了。

最后，女生狼狈地拉着那哥们离开，我们则抬着醉得一塌糊涂的夏青滚回宿舍。

从此，我们都被"老江湖"拉进了黑名单，夏青被那男生拉进了黑名单。

总以为这件事情就这样告一段落了，因为那男生已经有女朋友了，因为夏青已经狠狠地发泄过了，又或者因为我们要毕业了。

可是并没有。

不知道是不是喝了太多的酒，夏青把那晚的事情忘得一干二净，还是拗不过爱情里偏执的这股劲。夏青去了那男生的城市，早餐第一时间送到单位，租了房子在他对面，可以说是抬头不见低头见。

"皇天不负有心人"，最后连那男生的女朋友都受不了了，祝福他们后选择了离开。

夏青笑着以为自己的机会来了，依然每天送饭到他单位。那男生几乎是在写字楼大门口跪下来求她，求求她不要再出现在自己的生命里了。

她就这样站在万众瞩目的大门口，感觉自己活得像一个"烫手的山芋"，生无可恋。一个转身就往大街上的车流里冲，是她撞的车还是车撞的她就没人知道了。

我不知道她是哪里来的勇气，好在路边的车子开得都不快，夏青没有什么大事，那男生倒是吓了个半死。当夏青躺在医院病床上看到我的时候，突然抱紧了我。

她说："那一刻我真的觉得生无可恋了。可是脑海里一片漆黑的时候才明白过来，原来自己如此舍不得这世间烟火。我突然想起来还有很多未结识的益友和尚未完成的梦想啊。"

我问她："那样疯狂地去爱过一个人，是什么感觉呢？"

她说："还挺帅的，就像生了一场大病，进过手术室，也梦见过死神。"

我说："下次如果遇见个连命都想豁出去的，别犹豫了，赶紧跑，不然会死得很惨的。"

年少轻狂的时候，有些事情我们总是奋不顾身地去做。总以为只有拼尽全力，才不会辜负自己，不会辜负爱。但后来想想，我们都会明白过来，我们爱的不是曾经发了疯去爱的那个人，而是爱情里偏执发狂的自己。

如今遇到爱情，再也不像从前那样偏激，饶不了别人也不放过自己。聚散不过是平常事，强求不来，风轻云淡地面对就好。

如果我变得很偏执暴躁，

请远离我。

请远离我。

请远离我。

请远离我。

请远离我。

请远离我。

请远离我。

别走求你！

我怕走得太慢，
错过了你

/
/

I'm tensely feared to miss you

for my slow walking

　　从执着到放手，从温暖到怀念，有过那么多不甘心，本以为会一直坚守，却又在无言中放弃。我们都曾想用漫长的一段时光，去换取一个不可能的人。

我的爱就留在那里了

"

我们的最深情总是被一个薄情的人辜负，

而我们又最薄情地辜负了一个对我们最深情的人。

"

胖子是一个平凡到一进人群就会被淹没的人，若非要从他身上找到独特之处，大概就是执着了。

胖子有一个等了六年的女神，叫作绘里。可惜第一次表白的时候，绘里就说了，即使天下所有男人都死绝了，她也不会喜欢胖子。

但是胖子却一直不死心，说喜欢她是他自己的事，和别人都没关系。大家都笑他，说胖子追人就像玩刮刮奖一样，都看到那个"谢"字了还非要看看"惠顾"后有没有那个句号才肯死心。

女神总是不爱叫胖子的真名，就叫他"胖子""胖子"。绘里说叫名字太生分，这样多亲切。胖子一共和女神看过四次电影，去过两次游戏厅，吃过很多次饭。所以，在胖子的钱包里一直留着八张电影票、半盒游戏币，还有很多张优惠券。

胖子说这些都要收好，这些是幸福。

女神也有自己深爱的男神，当她和男神一起的时候，胖子就会主动消失。胖子不会出现在女神恋爱的时刻，他说女神幸福就是他最大的幸福。

女神也有过说喜欢胖子的时候，是在被男神伤得彻底的时候，喝多了酒在暗影处趴在桌上像一摊烂泥。送女神回家的时候，女神弱弱地说了一句"我喜欢你，不要走"，胖子就不走，蹲在边上守了绘里一个晚上。

胖子在绘里心上最阴暗的角落，好像永远不能看到光明，而绘里却在胖子心上那个最明亮、最柔软的地方。绘里就好像是一场胖子百看不厌的电影，胖子就一直沉默在绘里海市蜃楼般的光阴里。

时间一年一年过去，而胖子就这样乐此不疲地围着他的女神转着。

绘里不着急，兜兜转转地等着那个男人很多年，即使最后没有在一起也还有随叫随到的胖子。

可是傻了吧唧的胖子突然有一天在绘里家下面蹲坐了整整一个晚上，等到绘里上班时候走出家门才发现睡眼惺忪的胖子。一见面，胖子就拿出一条相当贵重的钻石项链给她，认认真真地道了别。

胖子说爱她的这几年是真的爱她，并且现在也还爱着。只是知道自己一辈子都不会有机会了，就决定和一个踏实的姑娘结婚，昨天刚去领的证。这条钻石项链是他用这些年偷偷兼职攒下的钱买的。

绘里看到拿着盒子在风中吹了一夜的胖子，趴在胖子的肩膀上又哭又笑，什么话都说不出来了。是啊，无论说什么，胖子都已经是别人的胖子、别人的支撑，再也不是自己随叫随到的备胎了。

在年少轻狂的岁月里，我们总是跃跃欲试地妄想得到自己最爱的那一个，但是，最后到头来有多少幸运儿侥幸得到了？剩下一大群，跌得满身是伤才肯回头。

可是这个时候回头还有用吗？那个曾经用生命来爱你的男生还如约站在街角吗？那个说非你不娶的男生是否在你转过好几次身之后还站在你背后？

走着走着，我们突然就丢掉了曾经认为赶也赶不走的人，丢了的时候就瞬间溃不成军了。

其实结局不是这样。

时光倒退到胖子还没结婚之时，故事是这样的：

那一晚绘里喝了很多酒，她和胖子说，她的男神整整把她当了三年备胎，结果今天早上突然宣布要结婚了。她准备了两个月给男神送去生日礼物却连面都没见上；她为了和男神见一面准备了整整一天却被他放了鸽子；男神说家里没有养乐多了，她就跑了几条街当外卖小妹给他送去……

讲到最后，女神趴在胖子的怀里深深地睡了过去，胖子一动也不敢动，生怕自己动一下就会惊醒绘里。

胖子抱着绘里，绘里一个翻身打在胖子手臂上。

胖子偷偷在她耳边说：睡觉的时候还是这么不安分。你不是说过要和全世界的男人谈恋爱吗？你肯定有一天会累，我就在这里等你回来，然后你剩下的日子都归我。我不愿让你一个人，哪怕一路波折，我也觉得一切都是值得的。

其实绘里翻身的时候就已经醒来，偷偷地把头埋进深处，假装找一个更舒服的位置睡着。

两年后他们真的结婚了。

绘里在答应胖子求婚的时候说，胖子是我见过的最长情的男人，而我今后将会是最专情的女人。我累了，以后剩下的日子都归你。

胖子抱得女神归的时候，所有人都不可思议地看着他，原来"谢谢惠顾"后面真的还有一句是"再来一瓶"。

很多人说，在爱情里，多在乎别人的一方总是被认为是输的一方，可是游戏才是用输赢来衡量的。

也许，人生真的需要等候。等一阵风拂过脸庞，等一朵花开得惊艳，等那伊人到来。

这个世界上，总有人会爱你一生一世，你也会如约得到你的幸福，虽然你要的幸福已经不是最初的模样。

男人是长情又薄情，

女人是专情且深情。

我们总以为爱一个人可以等上三年八年，

可是后来我们看到这个社会上，

大多数爱情就像快餐一样。

连精神也是快餐，

迅速补充，马上流失。

从相爱到分手慢则几个月快则几周，

这样的感情真的可以称之为爱情吗？

我不知道是这个时代的步伐太快，
还是自己的脚步太慢，
却总是依然天真无邪地
想坚持一份执着美好的爱情，
能够陪伴着走过四季轮回、岁月交替。

好巧啊,你也是备胎

> "
> 你看爱情里的那个人,
> 长得好像一只狗。
> "

有人说,一个人谈不上恋爱的原因无非是两个:一是谁也看不上,二是谁也看不上。

所以,就又有两种状态:可能有 N 个备胎要慢慢挑,或者是被 N 个备胎慢慢熬。

听完真想微笑骂街,可又不得不承认,真特么有道理。毕竟我们刚开始都曾是爱情的囚徒,对于喜欢的人,都心甘情愿整颗心被绑票。

我以前坚定地认为,爱情是不需要计较的。

喜欢上一个人,就要奋不顾身地去爱。若能换来彼此喜欢,那就在一起,围于幻想与床欢；若没能情投意合，那就默默地守护，或者认真地对他好并祝愿他幸福。

但是现实告诉我，它和我想的根本不一样。不！一！样！

爱情里面其实都是套路啊。进退有度，既不表明心迹一口回绝，也不立马接受公之于众，而是和你保持一种友达以上恋人未满的微妙关系。

和季节关系密切起来的时候，小芸刚刚被分手。

小芸的前男友是一个神话。

大二那会，系里有一个学长，是在人群中好像会发光的那种，又高又帅，笑起来带点陈冠希的坏，幽默起来有岳云鹏的逗，可爱起来整一个鹿晗，能融化一颗心，更可怕的是，四肢勤，五谷分，男友力十足……

这样的男生什么都好，就是不会轻易喜欢一个人。因为他们身边莺莺燕燕太多了，到处都是"不知道吃什么就长成那么好看"的姑娘。

我是觉得这样的男生一般不会和我有多大关系，毕竟没有人是一上来就想操人家大脑的。可是偏偏我们宿舍的小芸看上他了，每次都兴冲冲地拽起手机就来和我分享暗恋里的小点滴。

"看，帅比在我空间留言了。"

"看，男神给我回消息了。"

我仰起头一看，对方已然面若花痴。我看着两人的聊天记录：

"在吗？是不是很忙？"

"嗯。"

"天冷了，多穿点儿。"

"哦。"

"好吧,你先忙吧。"

"好。"

"晚上有时间吗? 我想请你吃饭。"

"没。"

啊呵呵呵呵呵呵呵呵……一百个才能表达我此刻的心情。

但又因为我心地善良,实在不忍心泼一盆冷水去浇灭她内心燃烧的小火苗,只能拐个弯说他们不合适:"我觉得季节人不错。"

季节是我们隔壁班一男生,对小芸是真的好。刮风下雨雷打不动的早餐之外,还变着法让我们带吃的、送东西。然后我们就成了最大的受益者,所以还真没少帮他吹耳边风,毕竟吃人家的嘴短。

可是,小芸对季节就是不来电,一门心思扑在男神学长上。后来她说:"那时候即便是别人拿冰块砸我也没用的。"

如果这个学长一直不给她任何希望,或许这个故事也就仅止于年少无知的暗恋了。可偏偏那学长要三天两头撩拨她一下。

本来约好我们几个一块吃饭,学长临时一个电话她就蹦跶过去了;学长心情不好的时候,总喜欢给她打电话;有时候两人在一起也挺快乐的,学长说和她在一起的时候最轻松,没有任何压力。

有一天,小芸一脸幸福地回来和我们说:"今天学长说,如果以后要找女朋友一定要找我这样的。"

我真想骂娘,幸福个鬼啊,还以后找女朋友,那他特么为毛现在不找。摆明了就是不喜欢你啊。最后一句我没忍心说出口。

不得不说,小芸真的是一个在爱情里没有套路的死心眼姑娘。兵来不会将挡，别人讲她又不听，每次在我们的教育之下，她都是个心智特别定的姑娘。

我真想为她对爱情持之以恒的态度鼓掌，就像我为季节的持之以恒鼓掌一样。但是前者我不支持，后者支持。

为什么呢？因为我们都对小芸说，这辈子如果你不和季节在一起，会很难再遇见像他这样对你的男生了。毕竟，我们都希望她在爱情里不受伤害，未来能过得幸福。

可是这傻姑娘就栽在这个人身上了，她说，只要时间久了，石头也是能焐热的。

对，石头是能焐热的。在小芸的多次告白之下，学长答应和她试着处处看，但是因为两人才刚刚在一起，学长示意小芸先不要张扬。

"说白了就是玩地下情呗。这边厢先和你处着，那边厢还能寻摸着更好的。"娘娘直言不讳地说。然后被小芸翻了好几个白眼。

但即便是这样，季节还是察觉到了，默默地退出了这场食物链的游戏。毕竟我们看到最顶端的是学长，可鬼知道学长上面还有什么鬼。我们都很难过，伙食水准暴跌了好几个级别。

最不看好这段感情的是娘娘，可是最后也妥协了："既然是你自己的选择，那就祝你幸福。到时候别后悔就行了。"

小芸收起白眼，露出水汪汪的大眼睛。

在傻姑娘的精心照顾和陪伴下，学长毕业了。

然后呢，去北京了。为啥？北京机会多、前途远大啊。多么高屋建瓴、雄浑奔放的少年。

走之前，把手分了。没什么特别的，长得好看就可以在被动和主动模式里随意切换，毫无违和感。

小芸很难过。

季节这时候重新出现了，每天送吃的，带她去散心，给她找乐子。

我们很高兴。又有好吃好喝的了。

没人陪她吃饭的时候，一个电话季节就到；心情不好的时候，她就给季节打电话；有时候小芸觉得和季节在一起特轻松，没有想说什么话他都会开心，不用刻意隐藏自己的缺点……

只是两人一直没有什么进展。

直到那个暑假回家，小芸行李很多，当时季节就借钱买了两张机票送她回家。后来自己回家的时候却舍不得买机票，坐了二十几个小时的火车回老家。那一整个暑假他都在打工攒钱。

小芸很感动，说："我失恋了，你知道学长在我心里的分量，我不想隐瞒你。或许和你在一起，我还会难过很久。"

季节那时候突然在漫长的等待里看到了希望，说："我愿意等，陪你一起走出来。"

日子慢慢地过去，小芸真的也渐渐开始好起来了，对季节也好了很多。季节很高兴，以为小芸放下了。我们也很为他们高兴。

可是，并没有过去。

我也不知道季节是怎么找到小芸微博小号的，只是那并不重要，重要的是，她每一天都关心着学长的事情。学长去北京工作，小芸关心北京的粮食和蔬菜；学长去美国留学，她就关心美国的粮食和蔬菜。学长过生日的时候，她就准准地在零点发消息祝他生日快乐。

直到那天晚自习，季节在小芸的书里翻出一张照片，是她和学长的合照。

小芸最难过的时候,学长去了北京不再联系她;小芸对季节好的时候,原来正是学长有了女朋友的时候;后来学长又联系她了,说觉得还是和她最聊得来。

原来,学长无时无刻不出现在他们的世界里。

原来,石头拽心里真的是能焐热的,可只要放下一刻就又凉了。

我们都觉得,对于爱情我们要抱有希望。只有当我们等的那个人对自己等的人生出绝望,才会有希望。所以才会在爱情里有这么多心甘情愿的白痴。

是谁说过,有些人是你生命中的过客,却总是成为你生命中的常客。有些人是你生活中的常客,但永远也仅止于做客。

后来啊?

后来大学还没毕业,小芸去了美国留学。我们都不知道她是为了事业还是为了那个仰望。只是季节依然还时常和我们联系,聊工作聊生活聊未来。我们谁也不知道他有没有放下,那你呢? 你放下了吗?

备胎,

有时候能转正,

有时候一辈子都不会。

中文名:备胎。

拼音: paoyou。

英文名: plan B。

爱让一切殊途同归

"
这就是世俗。

他努力让自己在粗糙不堪的生活里变得优雅，

在喧嚣的社会里变得清宁，

在物欲横生的年代想为你准备所有，

而自己却在爱情里卑微到如一颗微尘，

面对那些缥缈虚无的感情和人，

最后坦然承认，爱过。
"

遇到杨帆，是在晴紫三十岁的时候。

你或许不知道三十岁在七八线小城市是怎样的状态。总之，家人的意思就是，遇到合适的就嫁了吧。不是因为爱情，为了年纪，为了爸妈，也该结婚了。

　　是真的没有遇到合适的、爱的人吗？也不是。晴紫以前也遇上过一个自己深爱的人，那时候大学刚毕业，一起回的老家。照理说青梅竹马，应该顺理成章很快就结婚才是。

　　可是晴紫不甘心啊。看到身边阿姨们买菜带小孩当着家庭主妇在小城镇混日子，这样一眼望得到尽头的人生，她就畏惧了。这真的是自己从小努力学习，四年大学读下来所希望过的生活吗？答案是毋庸置疑的。

　　晴紫开始努力念书，加入了流行的公考行列。她试图通过考试去大城市，所以开始渐渐疏远他，以各种理由推辞见面。再见到对方的时候，对方身边竟然已经有了另一张脸庞。所以他们之间也就这样不了了之。

　　时间明晃晃地拍案而去，几年的奋斗无果，换来的却是数不尽的埋怨和不理解，还有对未来的迷茫和恐惧，栩栩如生的只有二十岁时候的梦想与期待。

　　她开始失眠在每个夜深人静的晚上，在伸手摸不到未来的黑暗里，在厚重公考书堆积的书案前，左手边的抽屉里放着自己四年来曾用过的所有准考证。这是别人家姑娘在为人妻为人母之时，晴紫生活全部的重心。

　　杨帆是经姨妈介绍认识的。

　　晴紫出生在 8 月份的尾巴，是有强迫症的处女座。她对自己的生活较真，对未来较真，同样地，在她三十岁的时候依然对另一半较真。看见杨帆的第一眼，她就知道他不是自己喜欢的那种类型，不高，干瘦，木讷。

　　小时候《新楚留香》热映，晴紫就对自己未来老公有一种幻想，他应该像香帅一样幽默风趣、风流倜傥、英俊潇洒。当然，撇开这些浮夸的形容词，在晴紫心里，他应该要有才华，有情趣，看起来要舒服，并且要非常爱她。如果是在两年前，就两年，晴紫对眼前这样的男人肯定是不会再说半个字的。

可是想想她又忍住了。出门前母亲把自己珍藏了多年的百宝箱都拿出来了，一件一件地在她身上试，并且和她说着来历，这件是你妈妈出嫁的时候你外婆亲自给我戴上的，这个手镯是我嫁进老江家的时候你奶奶戴在我手上的，据说在老江家留传好几百年了。母亲的一字一句无一不都透露着"嫁"这个字，真是恨女不出嫁。

也是因为自己三十岁了还不结婚，母亲在街坊邻里之间都抬不起头。每次出门，母亲都会被问"你家姑娘有合适的对象了吗""我都做外婆啦，你家闺女也要加把劲啊，听说还没对象来着""再不结婚就真成现在电视里说的那啥剩女了"……

母亲的无奈，晴紫一一看在眼里，却不敢提一字。家中偶尔提及此事，晴紫也想妥协，可是真的就这样找个人嫁了，将这么多年的等待与执念全都付之一炬，值得么？

母亲也不是不讲理，看到晴紫难过，也会安慰："没事，不想嫁就在家中住，爸妈养你一辈子。"越是这样的后路，越让晴紫心中愧疚。

晴紫就这样对着一个中等身材的方脸男人坐了半个晚上。

"我是杨帆，今年三十三岁，毕业于西京大学，毕业后一直在国企上班，爸妈觉得我这样挺好的。因为家境不好，买不起房子，所以一直没有找到老婆。"杨帆的开场白，就像面试时候最失败的自我介绍一样生硬，了无生趣。

晴紫想了半天，不知道该如何接下去，憋了半天冒出一句："国企工作好，稳定。"

"你是老师？"

"是的，镇上中心小学的语文老师，学生不多，有时还要兼书法、自然课。"

"真好，你是全能。"

两个多小时的交谈，大致有一个多小时是在沉默之中度过的。

对方一直保持一个姿势坐着，很是拘谨，可想而知，在生活中这也是个多么拘谨的男人。

要回家的时候，他坚持要送晴紫回家。她不让，说："我自己开车很快就能到家，你送我回去，你还要自己走回来。"杨帆不再说话，默默地说了"再见"转身离去，背影消失在暗黄色的灯光下，好像比朦胧的灯光还要暗淡一些。

其实晴紫不是嫌弃对方家里穷或者其他，一点这个意思都没有。只是现在她真的还不想回家。这些年来相亲无数次，每一次相亲完她都特别地失落，每次一次性交谈之后她都特别地寂寞，这就好像是世界上最高级的自我侮辱，因为遇不到合适的对象，两个适龄又要结婚的人就衣冠楚楚地被打包成商品，明码标价地将被组合出售一样。

晴紫来到小溪边的公园里，坐在早已无人问津的秋千架上吹着夜风。晴紫在还年轻的时候也曾想过，在她三十岁的时候，自己寻寻觅觅的另一半会在她三十岁生日之时送她一束玫瑰，说上一句：亲爱的，跟你二十岁的容颜相比，我更喜欢你三十岁的成熟与宁静。而此刻晴紫回望身边，一阵秋风吹过，打了一个寒噤。

二十岁时候的梦想、关于未来的念想、对于生活的期待，全部都还在，只是这些在三十岁的时候，都还和二十岁的时候一模一样，一点未变。即使要独孤终老，也要在一座喧嚣奢华的城市，高傲地看所有浮华落尽。

关于孤独终老，那年大学宿舍里，和她一同讨论过这个问题的闺蜜，早已移民法国嫁作人妇。在这期间，晴紫也不停地自己和自己的质疑做斗争，是否也该放下这些年的执念，在这个小镇找一个适合的人安度人生，可是这些念头，总是在出现的瞬间就被打压下去。"一辈子那么长，等一个人有多难。"

可是，就在三十岁的时候，晴紫所有铿锵有力的念头，都被所有曾经的质疑打败了，一辈子那么长，却不是你自己一个人的。

再见到杨帆，是几天之后的放学时光，他骑着小电驴出现在我们学校门口。同事们都很好奇，竟然有男人会来接晴紫。

晴紫还没有问，杨帆先开口了："我来接你下班，不介意坐我的小电驴吧。"

晴紫笑了笑，上了车。是因为歉意，还是因为被质疑打败，我不知道，晴紫自己也不知道。

就这样，两个人断断续续处了两个月。杨帆在国企上班，虽说是在国企，却因为他是外地来的人，没有后台，没有关系，没有靠山，工作量就特别大，同事也有意无意多给他一些活。杨帆没有怨言，只因为自己家庭条件不好，所以就把自己放得很低很低，什么脏活累活都抢着做。不过，这样的男人，踏实。

年底的时候，母亲又找晴紫商量对象的事。她没有拒绝，说会带个男人回家。母亲一听，当天就把养了好几个月的老母鸡杀了。

带杨帆回家时，他用他一个月的工资给家里所有人买了礼物。穿着新衣服、垫高了的皮鞋，即使不会喝酒，也依然对家里所有长辈的敬酒来者不拒，向她父母保证一定对她好。

一屋子人都止不住地流泪。"晴紫，杨帆是个好男人。你要好好珍惜。"母亲坚持要晴紫陪杨帆一起回家，还回了一堆的礼。一路上，看着已经全身起酒疹的他，晴紫终于开始正式接受这是她一辈子要处的男人了。

之前没去过杨帆家，只知道他家穷，后来才知道，不是一般的穷。晚上他们没有单独的房间住，他脸红红地对她说，要不我们去外面宾馆吧，这里没有单独的卫生间你晚上会睡不好的。晴紫想想还是忍忍算了，结果他俩被安排睡在房间,父母睡客厅。他父母都是老实巴交的农村人,一脸愧疚地看着她,她当时就想不能这样,坚决不肯,最后他俩在客厅打地铺。

一个晚上晴紫都没有睡,她那些曾经铿锵有力的念头一一从眼前闪过,最后又再一次被所有的质疑一一打败。这好像就是一场赤壁之战,质疑以少胜多,完美收官。最后华丽丽地停顿在身边这个叫杨帆的男人身上,似乎要过五十年那么久。未来是什么,未来会怎么样,晴紫真的不想想了。放弃梦想和执念的那一刻起,她就似乎已经要放弃全部的自己了。

领了证,两个人就算被正式公开算作一个家庭。可是她一直不敢要孩子,他也怕现在养不起孩子,都偷偷避孕。当一切看起来都尘埃落定,当他和她都想着日子再多挨几年总会好起来时,却在这一年,国考职位出来后,发现有一个特适合她的岗位,最后报名人数才十二人。她想,如果早一年该多好啊,她看着他晚上偷偷去兼职,觉得自己这生活太辛苦了。

梦想瞬间被点燃,好像被压抑了多年的欲望,在一盏台灯前全部死灰复燃了。这样的感觉来得很快,找回那样的状态也很快。晴紫觉得这样的生活才是她想要的,才是她真正所期待的。

下午放学她不回家,谎称加班,其实是在偷偷复习准备考试,而他在外面兼职,也是深夜才能回家。晴紫便毫无顾忌地发奋起来。

杨帆肯干人又老实可靠,几个大老板看他不错,带着他一起干。一个月里有意无意地两人都碰不上几次面。考完试,她觉得自己这次十拿九稳,这来之不易的收获,在面试后进一步得到确定。最后,所有的一切都顺理成章了起来,为自己这迟来的收获,这错位的人生。

　　是走，是留？这样的选择题，对于晴紫来说，不难回答。

　　摊牌日子到了，离不离婚，晴紫想让他做主。她练习了多少遍，回忆的电影就被放映了多少遍。其实她是不忍心的，在自己和这个男人一起度过的一年多岁月里，几乎全部的家务、所有的琐事，都由他一力承担，自己完全没有操任何的心思。而且他也很努力，除了平时照顾自己还一直做着兼职，吃的东西自己不舍得买一点，而给晴紫却一点也不吝啬。

　　她坐在杨帆平时干活的桌子前。抽屉没有锁，她打开，看到最里面有白纸剪小折叠再用订书钉简单装订的小笔记本，已经好几本了，都记录得满满的。

　　"今天跟着陈老板去工厂跑货，他说让我也做一部分，我头晕，不知道是高兴得头晕还是中暑了……"

　　"今天我开始自己跑市场，还好我自己带水了，一瓶水两块钱太浪费了。还要找十个人谈事，我得安排一下行程，省得跑冤枉路浪费钱。我记得晴紫一直喜欢吃的蛋糕叫作提拉米苏……"

　　"其实，我今天辞职了。因为我上班总是心不在焉，常常因为其他兼职旷工，领导找我谈话了。他们的意思我懂，我也不想让他们为难。再说这么点工资，怎么给晴紫买大房子啊。回到家的时候晴紫不在，我就出去继续做兼职。我不敢告诉他们，怕他们为我担心。"

　　晴紫没有再继续往下看，这时候的她早已经是泪流满面了，她怕她再继续看下去会妥协，会放弃自己等了这么多年的机会。她知道自己不是个好老婆，没给他煮过饭、洗过衣服，一直活在自怨自艾当中。他默默忍受，承担起生活的重任。她觉得自己一直都在逃避生活，一直想往更高更远的地方去，得不到的永远充满期待，得到的就有恃无恐。

　　门开了，晴紫看着他一边推门一边还在看着手中的策划方案。发现晴紫在的时候,他顿时脸上洋溢着满满的笑容,把手中为她买的水果递给她。这就是杨帆,一个对晴紫已经给无所给的男人,只剩把自己全部的心血和生命交给她。这样的男人,只要认定了一个人,大概就是一辈子了。

晴紫说,不了,今天换我给你做饭吧。其实她不会做饭,家里找了半天只找到半打挂面,还有翻到一个蛋。于是,晴紫就给他下了一碗面,白煮的挂面外加一个荷包蛋。晴紫自己尝尝觉得没味道,就加了一把盐,结果又太咸。她说算了,要拿去倒掉。可是杨帆却马上夺了过去,吃得比所有山珍海味还津津有味。可是吃到一半,突然笑容就僵在了脸上。晴紫问他怎么了。他说,没事没事,只是第一次吃到你做的面条太感动。

吃完饭他去洗碗,洗碗的时候还情不自禁地哼起了歌来,是九十年代的那种,曲调都跑到十万八千里外了。

可是那一晚,晴紫还是没有说出口。

晴紫终于还是走了,没有说出口的话,变成了一封字数不多的信。

杨帆:

　　我走了。不是因为你不好,是因为我太过分。

　　这一年里,谢谢你。在我最需要关心和温暖的时候出现在我面前,带给我一段快乐的时光。你对我很好,只是这些年我一直有一个梦想,现在我想去过我自己想要的生活了。你会祝福我的,对不对?

晴紫字

我们都不知道杨帆看到晴紫这张字条的时候是怎样的表情,只知道晴紫后来并不是真正的快乐。她如愿到了深圳,不知道有多深的深圳。她以为自己的未来将会在这片遍地都是黄金的土地上开花结果,可是她错了。开花结果的是少数人,你永远也不知道开出的是什么花,结的果是不是你想要的。

　　在深圳的两年，晴紫遇到过各种各样的男人，逢场作戏的，信誓旦旦的，风流倜傥的，英俊潇洒的，只是再没有一个是诚心以对的，再没有一个男人像杨帆一样愿意对她倾尽所有，再没有一个男人愿意为她做遍所有的家务，再没有一个男人愿意为她做所有改变。

　　晴紫再听到杨帆消息，是在两年后一次回家探亲时。母亲说，晴紫，杨帆说如果你过得好，回家的时候把婚离一下。

　　是啊，两年了。自己已经离开两年了。这两年来，一直就没有杨帆的消息，自己也不敢打听，竟然忘了自己和杨帆依然还是合法夫妻这件事。

　　她再一次走那条熟悉的道路回到那间七十平方米的小房子里。门锁着，晴紫突然想起来自己的钥匙扣里依然还放着这间房子的钥匙，便把它一插，竟然打开了。杨帆一直都没有换锁，这个吝啬的男人，连换把锁的钱都不肯出。

　　推门进去，里面的场景让晴紫惊呆了。客厅里挂着他们唯一的一张婚纱照，其他的所有装修一点都没有变，包括那张小书桌。晴紫坐下来，左手边的抽屉里依然放着他的日记。

　　"8月9日　今天，晴紫终于走了。从她开始在学校努力读书的时候起，我就感觉到她要走了。那天晚上她给我煮面条，我突然感觉到她要走了，很难过，还好我反应快及时忍住了，晴紫没有发现。终于，现在她成功了。我祝福她。只是她走的时候连一声告别都没有。"

　　"9月19日　晴紫已经走了一个多月了，不知道她过得好不好。我打听到她去的是深圳，我找了一份经常要去深圳出差的工作，那样是不是偶尔可以遇见她，走她经过的公园，在同一片蓝天下，呼吸最近的空气。"

　　"2月13日　今年过年竟然是情人节的前一天，不知道晴紫有没有回来过年。听说深圳的冬天不冷，晴紫应该已经适应那边的生活了。年后我也会去深圳出差,我已经迫不及待了。"

……

"11月9日　晴紫已经离开一年多了,我知道她在深圳住的地方,也会偶尔跟着她回家。她好像过得不好,只是好像她有新男朋友了,我不能去打扰她。"

"1月3日　今年过年好像特别早,其实我很想念晴紫,希望她回来的时候能够见见她。于是我和她母亲说,如果有空的话,回来把婚离一下,似乎这是我和她最后的联系了。"

杨帆回到家的时候,夜已经很深了,桌上放着一碗面条及一张字条。

"杨帆,我不走了,一辈子还很长,我想把余生还你。"

　如果想知道结局,
　请重新看一遍开头。
　我们总是在结局的时候,
　忘记了开头。
　所以才会在爱情里,
　忘记了初衷背离了诺言。

我们始终没有看见,彼此深爱的样子

"

那些自称要在我们生命中做主角的人,

最终,

都没有活过两集。

"

　　九月的夜晚热得刚刚好,我正在家里赶一篇报社的垃圾稿。手机响的时候,轩小姐说她买了一张站票,要去西安。

　　我低头看了看表,午夜零点整。

　　轩小姐已经忍了不知多少次想要去找他的冲动,终于在这个夜晚迈出了那一步。

　　一个人离开后,会带走很多东西,比方说,快乐、充实,甚至是让人呼吸的空气；

一个人离开后，又会留下很多东西，比方说，气息、习惯，甚至无处不在的回忆。

无数次挣扎着想要拨通那串电话号码，最后删掉了那个号码，却感觉很痛苦很痛苦，感觉整个人都憋得快喘不过气来了。要做很多事很多事才能让这种症状有所缓解，但即便如此，也无济于事。

如果这时候，你打通了那串电话号码，迈出了去寻找的那一步，很多人就会说这样是犯贱。但这就是自己，连自己也没有办法。

轩小姐和她前任算是青梅竹马。初中认识以后男生就开始追轩小姐，可惜偏偏轩小姐不喜欢他。但是这一点也不影响他对轩小姐的爱，一路披荆斩棘辗转了两所学校直到大学，也一直要守护着轩小姐。

高中的时候没有手机，他就天天上课往轩小姐那传纸条，早上给她带早餐，天冷了把衣服给她穿。三个月后表白，轩小姐说自己不喜欢他那种类型的，她喜欢白衣翩翩的少年。

大学的时候，那哥们还是不死心，每天陪她聊天发短信，一个晚上就是几百条，还偷偷地给她充话费……可是一年后，轩小姐喜欢上了她的学长，那个穿白衬衫的翩翩少年。他看着轩小姐和学长在学校出双入对，竟然傻傻地送上了祝福，说看到她幸福就好。

如果故事到了这里就结束了，也就圆满了。可是没有。

那哥们几乎就要放手的时候，轩小姐分手了。原因是，白衬衫学长大抵还是不如哥们懂得照顾人，自以为是，不如他体贴。于是，他似乎重新燃起了希望，每周一的早上，特地将早餐送到轩小姐的宿舍楼下；一有事情总是第一个出现在她面前,下雨了送伞,生病了送药。一年后,轩小姐终于被感动了,她比他还要激动开心,告诉了爸妈亲人和所有的朋友自己和他在一起的消息。

然后呢?

一件东西花了越长的时间得到,就越会小心翼翼地收藏着。一个人,如果花了越长时间才得到,那就更应该如获珍宝。我们总以为他花了九年时间去追轩小姐,得到以后应放在显而易见的地方,怕摔碎了弄脏了,装在口袋里又恨不能时时见到。

可是,事实上却没有。

和轩小姐在一起后,那哥们好像突然变了一个人。以前对轩小姐的喜怒哀乐谨小慎微,而现在竟然会为了打游戏晾她一天;以前辗转五条街只是为了给轩小姐送早餐,可是现在那哥们就连陪轩小姐吃饭的时间都挤不出来了。

轩小姐任性,耍性子闹分手,起初哥们还会哄哄她,可是到了后来,没了耐心,不管不顾任凭轩小姐去。两人的矛盾越来越大,一年时间里分分合合很多次,最终轩小姐受不了提出分手,哥们只是说了一个字"好"就独自一人去了西安。

轩小姐咬了咬牙,和我说:"六米,你知不知道,我从来没有想过他会走。一个花了九年时间来爱我的男人,却在我爱上他的时候放弃了我。"

哥们走得很决绝,没有任何消息,就好像从来没有出现过一样。一个人花了九年时间用生命来爱你,把你当作了全世界,而最后却甩甩手,不顾你的挽留头也不回地走了,那个时候,轩小姐的生活就好像顿时被抽空了一样。

回想起这些年,她发现自己是真的爱那哥们,生活里真的不能没有他。她说着掏心掏肺的话,听一首歌能想起他,一条路拐十八个弯都是他。轩小姐放下所有,希望能换回一些。

其实我们都知道，那哥们走得这样决绝，早就已经不留一点后路了。

我深深倒吸一口冷气，那个曾经给了她一切的人，最后留下她一个人就那么悄悄离开了。

最后，大家是不是都想问轩小姐有没有见到那哥们。

是的，她见到了。那哥们带着自己的新女友一起去咖啡馆见了两天一夜没合眼的轩小姐。

当然，那哥们只是让新女友在门口等着。不管他是想尽快结束这段对话，还是不想伤害轩小姐，抑或其他，总之这样的一次见面之后，我想什么都应该是不可能了。

轩小姐在异地大街上痛哭着，可是我一点办法也没有。

突然明白过来，这真的是爱情里最残忍的事情了。这样的离开，不是因为你不够好，不够漂亮，更不是在这段恋情中做错了。

那哥们是真的不喜欢轩小姐了吗？不，只是他喜欢的是得不到的轩小姐。

我们总是喜欢在得不到的时候付出所有，在失去了之后倾注所有。

在爱情里，谁都做过傻得要命的事情。那哥们明知轩小姐不喜欢自己，也要苦等九年去追逐等待。轩小姐明知道那哥们已经做了决定打死也不会回头，还是要奋不顾身地赶一趟不属于自己的列车。明明知道这样糟蹋自己不对，还是喝醉；明知道哭没有用，还是哭；明明自己的自尊心比谁都强，结果还是低声下气。

追赶的人辛苦，等待的人心焦。

有人说最容易丢掉的东西是：手机、钱包、钥匙、伞。

不掉几个轮回，人生都不算完整。

其实最容易失去的东西是：爱情、梦想、青春、初心。

无论哪一样失去了，人生都不再完整。

不管你是承认还是不承认，越得不到越珍惜，得到了就放弃。

如同爬山，追求山顶美景的过程总是让人欣喜。

暗恋或单恋，之所以让人回味无穷，在于你喜欢的他，永远是一个到不了的山顶。

我们都曾做过，那些矫情到作死的事情，

无论别人怎么拦也拦不住。

我们都知道，不做完这些事，就没办法死心。

所以，

作着作着，心就死透了。

爱着爱着，爱就过去了。

你的名字是我的图腾

"

你的名字如树叶呢喃，

在没有野兔穿梭的矮马高墙。

"

突然发现，我们生活的这个年代太没有安全感了。

喜欢的书随时会下架，天天吃的零食忽然会停产，追的剧一不小心就被禁播，甚至一眨眼工夫男友就变成了前任。

开始怀念起从前，一个名字就可以让整个青春美好冗长，喜欢一个人可以很久很久，哪怕只是暗恋。

他的一个眼神、一个微笑就能莫名温暖你的整个冬季。他的一句话、一个动作又或许就会把你那一年砸得芳菲散尽。

喜悦说:"听到一些事,明明不相干,在心中也会拐几个弯想到那个名字。"

对于林杉,喜悦是一见钟情。高一第一天的班会课是自我介绍。当他站在讲台上自我介绍"我的名字刚好三个木加三撇,林杉"的时候,喜悦就觉得这个名字有了光芒。

或许这便是她长达八年的暗恋的开端。

喜悦文史特别好,林杉则是个理科男,本来两人念完高一之后就应该分道扬镳,各自沉浸在不同的知识海洋里的,偏偏喜悦就在理科上画了一个圈。

其实理科班有十个,两个人分到一块的概率并不大。

可是两人就是这么凑巧地被分到了一个班。一个不算巧合的巧合让喜悦觉得这真是冥冥之中注定的缘分。

理科班的班主任是个秃顶的老头,因为喜悦和林杉是典型的互补型偏科,便安排两人坐一块。喜悦突然觉得那两年老爷子的头秃得特别帅。

对于林杉这个名字,在那个花痴的年纪里,喜悦几乎敏感到了一种沦陷的程度。语文课上,林杉没有意外总是会睡着。就在高度近视的语文老师点到这个名字的时候,聚精会神听课的喜悦竟然二话不说就站了起来。

全班向她行注目礼,她这才意识到不对,丢下一句"老师我要上厕所"惴惴地走了出去,还顺势带翻了后桌的一整叠书,露出了一大本《体坛快讯》。

结果,睡觉的林杉逃过一劫,后桌的男生却遭"飞来横祸",被罚站了一节课。

那时候喜悦还没自称老娘,还是个十分娇羞的小姑娘。

两人即便是同桌,也不敢多说几句话。喜悦内心的小宇宙爆发了一百多次之后终于鼓起了勇气:

"你数学作业做好了没?"

"好了。"

"给我抄一下。"

"给。"

当喜悦问林杉要了一百次数学作业的时候,第一百零一次,他就主动把数学作业丢给了喜悦。

喜悦说,她也不知道抄他作业的意义,是真的做不出,还是只想把他的作业本带回家对着他的名字发呆。

就这样,喜悦整整抄了他一个高三学年的数学作业。

转眼高中时代结束,高考成绩出来。喜悦没有辜负这一年抄过的数学作业,成绩比林杉还要高了八分。

那会毕业聚会,喜悦终于决定告白。

都说喝酒壮胆,她来者不拒一杯接着一杯不停地喝,最后感觉整个人要飘起来的时候才朝着男神走了过去——结果铆足了劲吐了他一身……

最后躺在自家床上醒来的时候才知道自己什么都没干,倒是出尽了洋相。丢了丑的喜悦不好意思再见人,溜出去走了大半个中国,结束了夜夜笙歌、纸醉金迷的暑假。

接下来的大学时期,她路过街角小摊听到歌儿,会想起他的名字;路过陌生城市看到人山人海,会想到他的名字;看到路边霓虹招牌,都能拼凑出他的名字。这个名字在那段特定的岁月里就是她的图腾,承载了她爱的灵魂。

大三的时候学校刚好有一批交换生名额,喜悦申请成功了。离开之前刚好是林杉生日,喜悦便下定决心要给自己这么多年的暗恋一个交代。

于是买了一只蛋糕亲手在上面写了"林杉，我喜欢你"，屁颠屁颠地从南京辗转到上海。结果到的时候拆开一看，上面的字已经全花了。

喜悦被自己傻蒙了，难道上海就没蛋糕店么？

就在她马上要见到他的时候，一个长发飘飘的姑娘打横杀出，出现在她面前，送上了蛋糕。喜悦愣在原地，那一刻她突然就怂了，她突然觉得自己再也不可能和他在一起了。

不表白就永远不会失去他，大不了就做一辈子朋友吧，总好过万一失败后的老死不相往来。

她一个人默默回到南京吃了那个行走538公里的变形蛋糕。

到头来，一整个青春里，喜悦还是欠着那句"我喜欢你"始终没说出口。

故事如果写到这里就结束，就像看电影没有看到最后的演员表，心里总是会惦记着。

毕业后，林杉留在了上海，喜悦出了国又回了国，当年的语文老师已经生了娃，班主任也上了位。这样我们又迎来了一次同学会。只是喜悦已经不喝酒了，男神则一上来就多喝了两杯。

最后散伙的时候，他叫住了喜悦："其实，我高中的时候就喜欢你了。"

喜悦愣了一下："嗯。那时候我也喜欢你啊。"

然后呢？就没有然后了。说出那句话，或许只是为了给自己一个交代，让遗憾画上一个句号。因为我们心里都清楚，当初那个在心底的名字早就已经换了另外一个。

后来，喜悦说："你知道吗？我高中的时候，曾将他的名字写了很多遍。整本书的便笺纸背面都有他的名字，不知道是我贴得太牢还是纸的质量太好，竟然一张也没有掉下来。"

　　我说："你个怂逼。"

　　喜悦瞥了我一眼："你知道暗恋最大的好处是什么吗?"

　　我说："啥?"

　　喜悦:"开始按我心情来,结束也按我心情来。"

　　在那些年里,

　　有个人的名字曾是我心中的一个图腾。

　　将整颗心都装得满满当当,

　　即便心上戳漏了一个洞,

　　慢慢流逝,

　　也需要好长好长时间。

　　我以为我无坚不摧,

　　谁知道在听见那个名字的时候,

　　突然溃不成军。

我记得我爱你,也可能是我记反了

"
大概,

喜欢你,

真的是一件连我自己都会觉得很莫名其妙的事情吧!
"

你真的很早就喜欢他了吧。

十四岁那年,班上的学委是后排那个个子高高、穿白衬衫的男生,物理好得一塌糊涂,上课时还总爱看各种各样的小说,学习成绩却一直让人羡慕。

那时候他和班上的副班长形影不离,总是能一起被叫到老师办公室去,一起布置黑板报,一起去领奖状。

你心里很羡慕,于是拼命地学习物理,放弃了看电视的时间,努力啃掉奥林匹克题库里那些变态的题目,只是为了物理课上能在黑板前嘚瑟一下,或许那一刻他会注意到你。

其实年少时所谓的暗恋过程都是相似的,碎碎念的日记写满了他今天看了什么小说,听了什么歌,喜欢哪个明星,打球又进了几个。你拼命地收集关于他的所有,打从一开始,你就没想过什么时候才能结束。

大概每个女生在那段岁月里心中都会有那样一个人,他寄托着你那些不确定但是会小纠结小欣喜的所有感情。

一年后副班长被撤职。但事实上,他仍然没有留意到你,除了每次做完模拟卷子会和你 check 一下答案。

没过多久,你死党里有个胖胖的女孩如花决定追他。那时候生日流行送礼物。初二那年他生日,如花逼你出面,你把珍藏已久的《灌篮高手》的玩偶送给了他。

可是他看到以后很生气,扯了扯肩膀上的包带,头也不回地下楼去,你尴尬地开心着。

后来,如花继续犯花痴,初三他生日那天,刚好音乐考试,如花弹了《生日快乐》的钢琴曲,你使劲给她鼓掌。但是她依然没有成功,你内疚地高兴着。

所以一直到现在,你仍然记得七月十五日是某个人的生日。

中考结束了,拍毕业照的时候,你努力挤在他的前面,留下了合影。临走前,你听见他说:"我们高中见啦!"因为那句话,你突然觉得之前盼望了很久的暑假那么长。

高中他在你隔壁班,每次从走廊路过他们班的时候,你总是习惯去寻找他的背影。

你们有同一个物理老师,听说他还是学委,物理依然很好。于是你就主动请缨去当那个苦力般的物理课代表,为的就是在交作业的时候,可以看到老师办公桌上他的本子和卷子。他的字真的很难看，真不知道老师是怎么辨认出来，然后在上面打了一个又一个的钩。

高二那年文理分班，你咬咬牙放弃了钟爱的文学选择了理科。可是分班结果出来了，他竟然念了文科，而你却和他的好兄弟阿亮分到了同一班。你淹没在一群平头的男生之中真的有点想哭。

那天放学，他竟然破天荒地拿着一叠笔记本走过来："这些是我以前的物理笔记，你记得要认真看。"

你抱着那叠笔记本哭了大半天，小心翼翼地把每一本放在书柜最醒目的地方，一点都不舍得碰，怕弄脏了、撕破了。

后来他再次看到你的时候，问你有没有看他的笔记，你一愣，赶忙说看了看了。他问然后呢，你不知道他问的是什么，说了声"谢谢"。

文科班和理科班隔了两层楼，为了继续收集他的消息，你故意和阿亮走得很近，被他撞见了几次，他就打趣你和阿亮在拍拖。

你有点心灰意冷，发誓要好好读书。在很长一段时间里，甚至连问好都省略了，全部的生活，就像数不尽的习题一样深深地沉了下去。

可是你还是习惯在人群中寻找他的影子。操场上，食堂中，阅读室里。人群中看到熟悉身影的那一刻就会觉得莫名的安心。

你想大概他从来没有注意到自己吧，"不说"成了这场暗恋里面最美的悬念。

终于高考了，你一直想去北方，于是填报了北方的一所师范大学。没承想却以一分之差落选了，阴差阳错去了南方。

阿亮笑着跑过来问你上哪儿了，你说 Y 大，他笑笑："我们倒是近了，在同一个城市呢。倒是他，去了北方的一所学校。"

真的是天意弄人，他去了你想去的城市，而你却以一分之差没去成。你心想，如果再努力一点点就好了。

那年夏天他去了北方，而你一路向南。

那年寒假，阿亮组织初中同学会，你又见到了他。

半年不见，他一点都没变，看到你，他走过来说你瘦了。你说你有小胃病，胖不起来。你要了他的手机号和扣扣，他却还是记得你和阿亮的茬，你嘲笑他还和以前一样哗众取宠，爱开玩笑。

那个晚上你喝得酩酊大醉，迷糊之中你拨通他的电话。在电话里，你哭着说喜欢他很久了，可不可以在一起。

第二天醒来的时候，你怎么都不记得他是怎样回答的，却发现你的好哥们打电话来问，你昨晚怎么了，哭着打电话给他。

翻看记录才发现电话竟打给了自己的哥们。你笑着说，昨晚喝多了胡言乱语，闹了很多笑话。哥们问，你是不是有事。你笑着说没有。

于是，你重新鼓起勇气拨通了那个电话，问他去不去游乐场。他问有几个人去，你想了想说和几个同学。

他简单地说好。

第二天，你花了很多心思梳妆打扮，穿上了白色的连衣裙。其实你谁也没有叫，一个人提前二十分钟站在车站等着。你决定那一天就告诉他，你喜欢他很久了。

结果他一直都没有出现，你一个人站在游乐场等了一天。

晚上，他说，前一天看球晚了没起来，问你玩得开不开心。你笑了笑说，还不错。

后来他以道歉为名请你吃饭，为了避免尴尬，你叫上了阿亮。那个晚上他特别帅,好像还喷了古龙的香水,特别好闻。看到你和阿亮,他皱了皱眉,笑着说,看来预言要成真了。

大二那年,阿亮真的向你表白了。

他说,他从初中开始就喜欢你了。你突然想到了自己,一时不知道如何拒绝,阿亮第二天便在朋友圈宣布了你们在一起的消息。

他第一时间发来了祝福,可是你一点儿也高兴不起来。

曾经你青春里的页页执着都是关于他,却好像永远都差那么一点点。如今他依然独自向前,离你越来越远,于是这一切就成了你所有的记忆。

大三的时候,你申请去美国留学。阿亮看出你不是真的喜欢他,认真地和你分了手,你祝他幸福。

大四的时候就出了国。后来你听说阿亮去了上海,他则留在了读大学的城市,找了份收入不错的工作。

一个人在美国的日子很孤独。有一天你偶尔上了一下扣扣,突然就看到他在线上,发来了问候,问你过得怎么样。

你说一个人在异乡很想哭,他问为什么。

你说喜欢一个人很久了,只是从来没有得到回应。

他坏笑着问:"是谁,要不要帮忙?"

你愣了愣,在对话框里打出几个字:"你有没有女朋友?"

他说有。你说好好珍惜,有空来美国玩。

你一晚上没睡。原来人生真的不是等电梯,不能顺着自己的楼层,到达他的楼层。我们都不知道最后会到达何处,你喜欢着他,而他从来都是自由的。

几天后,几个美国的朋友聚会,你喝了很多酒。一个混血的男生为你挡住了所有的酒,认真地说想照顾你。那一刻,你心软了。

混血男友对你很好,带你走进这座城市,把你照顾得无微不至。

那天回到住处,你收到他的消息,他说他来了美国。

你带着你的混血男友去见了他。

你问他怎么不带女朋友一起来,他说已经分手了。

你的心里突然就好像被什么刺了一下。

后来,你的混血男友在你的电脑里发现了无数张这个男生的照片,笑着说要和你分手,你没有挽留。

这已经是你在美国的第四年了。

家里要搬新家。你母亲打电话来说,从书柜里翻出一堆的物理笔记本,问你还要吗。你说随便整理一下打包就好。

母亲笑着说,你这堆物理笔记本里竟然还夹了封情书,并感情真挚地念了一遍。她念了什么你听不清了,满脑子都是那时他问你有没有看他给的笔记本时候的样子。

你突然感觉很难过,这辈子一定要为了爱情勇敢一次。你当即买了机票决定回国,只想拥抱一个错过的人。

失联多年的如花得知你要回国的消息,兴奋地连夜就拉你出来聚一聚。

如花如今果然已经美貌如花,一点也没有当年那个胖女孩的影子了,只有那豪放开朗的性格不曾改变。

偶然聊到那个学委,她说前几天碰到他了,听说要结婚了。

好像这个世界就喜欢和你开玩笑,总是喜欢上演一出又一出的闹剧。

路过母校的时候,你看到一个男生递了一本书给一个女生,就好像看见了自己的青春。那时你多希望岁月流逝之后能再看一眼时光变迁之前的你们。

那天晚上，他的扣扣头像在电脑右下角闪动。他说，听说你回来了，过得怎么样？

你笑着说，听说你要结婚了，要幸福。

他的婚礼，好像成了初中同学会。多年不见的同学都来了，阿亮也来了。

看到他，你尴尬得连手也不知道放在哪里好。你看着他牵起新娘的手走过红毯。你笑得特别特别努力，甚至要掉出眼泪。

阿亮走过来说："你知道吗，这个男人等了你十年，但你一点反应也没有。"

你真的不知道要给什么回应，表情僵在了脸上。

青春就是一本不解风情的流水账，能够遇见一个闪闪发光的人已经是一件幸运的事情了，或许之后就再也没有那么多的幸运和他在一起，但是把他当作信仰一般遥远地爱过，是否也就青春无悔了呢。

命运让所有有情人无数次地擦肩而过，每一个人都有一种相似的遗憾叫作没有在一起。我们，在还不知道去向何处，不该那样爱的年纪，不顾一切，伤得彻底。我们，在决定自己是谁，该怎样爱的岁月，少了勇气，荒了流年。

我想和你在一起，我曾经以为我们能走下去，却发现，你不在我的路上，我不在你的旅途。而我们，谁都不会为谁放弃，谁也不该为谁放弃。

最后，我们都是活在自己的路上，遇见该遇见的人。幸福，每个人都会有的，这点不需要怀疑。只是最后我的幸福，不是你的幸福，如此而已。

你会第二次爱上我吗

"

人不能两次踏入同一条河流。

那么爱呢？

"

前段时间我回了一趟母校，第一次开车。

以前的每一次我都是骑着自行车回去的，那时候两边都是老房子，路特别窄，但一点儿都不挤。

边上是河，天蓝水清。

记得那会班上有个男同学家住河对岸，河面上的桥不多，绕一大圈要半个小时。夏天的时候他就光着膀子从河上游了过来。

路的再远处，都是菜地或者庄稼地，而现在好像就要成为城市的中心了。

重新走了一遍这条路，却再也不是时常出现在我记忆中的那条了。

我抬头看看我的学校,楼还是那栋楼,但是里面已经全部重新装修,连地面都不一样了。

走廊、拐角、花坛、操场、朗诵的声音,一切都换了新的,像是旧回忆的外套上包了一层新的壳。

这只不过世事而已,每一年的变化都让人难以置信。

我们真的无法第二次走同一条路。

我们真的无法第二次爬同一栋楼。

我们真的无法第二次过同一时间。

那么人呢?

我们会第二次爱上同一个人吗?

小馨喜欢上了一个人,是高二时候军训的教官。

那年军训,班上来了一个个子不高但长得帅气的教官,引得女生小团体里一片小范围的轰动。

小馨本来身体不好,校方特批她不用参加军训,但为了凑个热闹硬生生地冲到体育场里看个究竟。

队伍里的小馨一眼就被教官盯上了:动作不标准! 还嬉皮笑脸地恶作剧! 愣是没给馨儿好脸色,没的商量,"一边扎马步去"。

在那个指令如同圣旨的年代,馨儿没办法,只好乖乖在一旁扎马步。但怎么也扎不好,依旧被骂。

天很热,太阳很毒,没多久馨儿就吃不消晕了过去。教官吓得魂都飞了,这要是自己扎一个小时都没问题啊。

赶紧拎起小馨就奔到医务室,好在只是中暑而已,一瓶藿香正气水下肚也就好了大半。

教官心地善良,接下去的军训就对馨儿睁一只眼闭一只眼,有事没事总是会来问两句怎么样了。

一来二去两人就熟络了,黑脸的教官有个喜感的名字叫阳仔。后来小馨也不喊教官了,直接唤名字。阳仔没办法,又不能罚也不能骂。

在阳仔一个月的关照下,军训顺利结束。走之前留了电话和扣扣。

军训结束了,阳仔的关心却没有结束。

不知道是不是关心会变成习惯,如果关心一天两天倒是没什么,我们怎么也想不到这一关心就是整整两年。

两年,小馨从高中到了大学,阳仔从小兵变成了老兵。

上大学后的第一天,阳仔意外地出现在校门口。"我终于等到你上大学了,应该不算早恋,可以和我交往了吧。"

其实我们一点都不看好这段恋情。

小馨还没有长大,阳仔已经要退伍了。小馨每天沉浸在大学的无忧无虑之中,阳仔每日却想着退伍之后的出路。

我们真的感觉不到小馨有多么喜欢阳仔,两个人好像并不在同一个世界里。更何况这是一场异地恋,所有的关心和问候也只限于一日三次的电话里。

感觉这场异地恋似乎分分钟都能画上句号。

如我们所愿,大二那年,两人真的分手了。

阳仔隔着电话说分手,小馨问他为什么。

他说因为自己总是照顾不到她,每天总是担心。

小馨没继续问,长久不在身边的人,存在感似乎真的并不那么强烈。

　　她很淡定，从容自在地删掉了阳仔的电话、扣扣等所有的联系方式，大呼一口气，信誓旦旦地要和过去告别。

　　反正失去一个手机里的人，大不了换一部手机就好了，好像也没什么了不起的。

　　小馨以为自己只是在青春年少的时候遇见了一个少年，却不曾知道这个少年已经深深走进了她的心底。

　　接下去的日子，小馨并没有什么不同。但生命里曾经拥有过的东西在失去以后会被无限地放大，以前浑然不觉的存在一旦被抽离空洞得越来越明显。

　　阳仔走了之后，小馨每天还是照常上课，醒了以后第一件事还是看手机。

　　可屏幕亮起来的那个瞬间，她才想起来自己原来已经分手了。没有阳仔那一天三次的电话，没有那些关心的话语，她的整个世界都变得好安静，安静得让小馨觉得整个世界都变得有些诡异。

　　后来，小馨一直单身。

　　不是没有更好的人，是那个人出现过之后，好像对其他人就打不起精神来了。她总是一副坚强得不得了的样子，好像真的很快乐。

　　嘴巴会说谎，眼睛不会。想念有多汹涌，只有她自己知道。

　　直到很多年后，圣诞节前那天，她和同学出去玩，喝酒唱K。在25日凌晨一点，阳仔打电话来。

　　小馨喝多了，没看电话号码就接了，对方开口第一句就是：你喝酒了，还好吗。不要喝酒，早点回学校，不要在外面过夜。

　　小馨说："那个声音特别特别熟悉，就好像什么东西撞疼了我。这么长时间以来压抑在心中的所有情绪就在那一刻全都要喷发出来了。"

在电话里她一直哭，不停地问：你为什么离开我！离开我了，又为什么要回来。

小馨问了很多遍你为什么要走。

其实有时候根本没有必要去问为什么。

那时候阳仔很自卑，什么都没有，即将退伍，对于今后的生活一概不知，真的觉得人生就这样无望了，所以理所当然觉得不该拥有一切。

于是就分了手，离开了。

小时候，我们总是会追根究底地去问一些事情的原因，为什么他来了，为什么他走了。长大以后，我们开始不纠结于这些，虽然我们不知道其中的细枝末节，但是我们明白，或者不爱了，或者那就是他们的选择。

这些年，他通过自己的努力，学着接受了自己的卑微，并且用时间和阅历不断地洗涤沉淀，终于有所积累。

这些年，也有人在阳仔身边，希望和他一起过。可是，他依然无法放下，放下那年的小馨和别人一起走。

小馨笑着说，既然他还爱着自己，我也爱着他，为什么不能再给彼此一个机会呢。

说这话的时候她眼角含泪，穿上了婚纱。还好风够大，飘起了裙摆，碎散了泪花。

一家店开了，一家商场关门了，路已经不再是原来那条路，陪你的人还是过去那个人么？

冯唐说，人生最可遇而不可求的事，后海有树的院子，夏代有工的玉，此时此刻的云，二十来岁的你。

我们不能同时踏入同一条河流，也无法进入同一座城市，但陪你走完一生的可以是同一个人。

我们很多人，都在错的时间遇见了对的人。

那么先说再见，等到对的时间，我们再重新遇见一次。

那时候，我依然是对的人，你会第二次爱上我吗？

晚安之后还想晚安

小时候,我喜欢晚睡。因为好像那是大人才能拥有的权利。

长大了,我一如既往地熬夜,像是要坚守每天最后一班岗位。

很多人只是以为我喜欢晚睡,却不知道我为什么总熬夜。小时候希望长大才熬夜,长大了却以为这样就可以拉长每天的寿命。

我知道这样的想法很傻,但是隔着电脑或手机屏幕,我知道很多人和我一样,都有这个恶习。而你们呢?又是为了什么熬夜?

有人熬夜是因为夜深人静时更加适合创作,有人是因为夜生活丰富精彩,还有的人或许是在等待一些人的出现。

大学刚毕业那会喜欢过一个男生,他每天晚上都会给我发来一句晚安。于是,在接下去的很长一段时间里,这两个字就变成了我的安眠药,成为我闭上眼睛去睡觉的开关按钮。

可是突然有一天,那个男生就从我的生命里消失了。

那段日子挺难熬的,我把压箱底的自尊都丢了出去,每天晚上给他发去一个晚安，可是对方就像是死了一样无声无息。我很难过，以为他真的死了。

直到有一天，在他空间里看到他和另外一个女生的频繁互动，才发现他还活着。两人互道晚安之后后面还有一堆话，我认认真真地看完所有的内容，心里真的是有丧权辱国一般的痛啊。

我晚睡，所以我几个朋友就会晚上来找我分享心事。小冉半夜来找我聊天。我知道她一定是有啥事要说。

果然，她说她和郝子在一起了。

郝子这个名字我听过一次。我把记忆翻箱倒柜了半天才想起来，这人不就是一年前我们聚会时突然下雨来给小冉送伞的男生么。那时候围着小冉转的男生很多，郝子绝对不是最出众的，我们丝毫不在意他。

我有些意外，就故意逗她："你不是一直都觉得对他不来电吗？为什么是他啊？"

小冉停顿了很久，才从对话框里跳出来一段话："开始的时候确实没啥感觉，只是他每天睡觉之前都会找我聊会天，说的都是很轻松的话题。最后一定会和我说晚安。"

我说，只是这样？

她又继续讲。

有一天，两人互相道了晚安之后，她把手机放在床头准备睡觉，忽然收到了他的微信："睡了么？"

她回了一条："没有。"

对方迅速回："没其他事，只是还想再说句晚安。"

当时小冉脸上露出了暖意，她说："大概是从这件事情开始，有了爱情的感觉。"

晚安之后还想晚安。

后来也有男生每天会对我说晚安。

但是晚安之外我不知道还能和他聊些什么。

这样断断续续的一个月之后，就没了。

突然发现，"晚安"二字已经被赋予了太多的意义。有人说它是最短的爱的告白；有人说如果有人能够倾诉一生，那便是真爱；还有人说要珍惜每天晚上和你说晚安的人，因为那才是真正爱你的人。

可是，很多时候它单纯得就像是一种睡觉前的习惯而已，甚至有时候，晚安只不过是停止一次聊天最好的结束语。

其实真正的爱，是晚安之后还想晚安。

那些明知道你在睡觉还发的消息，

那些明知道你在哪里还有的挂念，

那些明明说了晚安之后还想再说的晚安，

才是爱的表现。

请你让一让，
我赶时间

/
/

Step aside please,

I'm just running out of time

　　我不知道是这个世界的步伐太快，还是自己走得太慢。天地那么大，人潮那么汹涌，有的人迎面而来，有的人从身边赶过，还有的人，背道而驰，越来越远。

没爱过几个人渣，哪能随便穿上婚纱

"

所有的都交给时间，

它会告诉我们一切。

"

当年那个打电话冲着我破口大骂你为何抢我男朋友的女生结婚了，新郎不是他；

当年那个说着非她不娶的男生结婚了，新娘不是她；

当年那个我说非他不嫁的男人，现在我已经不爱了；

当年说要一起到白头的人，现在已经各自天涯了。

等到一切都尘埃落定的时候，再来回头看看，那感觉，真有意思。我想他们肯定都很后悔，当时咋就那么冲动，说了那么愚蠢的话，或者是做了那么愚蠢的事。

当年打电话来冲我大骂抢她男朋友的姑娘,说来也搞笑。

我和她男朋友根本就没见过,他那时候莫名其妙加了我扣扣就跑到我的空间里来读读文章留留言。

我连回复互动都没有,只是感觉一个大男生喜欢文字还挺难得的。

没过多久,我空间的留言板就被刷屏了,每篇文章下都有他的留言。

一段时间后,我突然接到一个陌生电话。没等我自报家门,对方上来就是一通破口大骂,骂我为毛抢人家男朋友,要不要脸啊!

当时我差点被吓晕过去,只觉得自己受了莫大的委屈。

好在后来对方男生来道了歉,女生说不好意思误会了。

我说着没关系,默默地把好友给删了。

本来以为这样就结束了,他俩总该过上幸福美满的日子了吧。

可就在前不久,我看到了朋友出席一场婚礼后晒出的结婚照,新娘就是那女生,新郎却早就已经不是当年那个男生了。

我看到女生偎依在新郎肩膀上的样子,突然感觉,就好像这三个人跟我开了个大玩笑。

呵呵呵呵呵呵。

有一个男生,没啥幽默感,追我一个小师妹很多年,一直坚持不懈,每天早上说"早上好",晚上说"晚安"。记得他表白的时候,就当着我们这么多朋友的面说,这辈子非她不娶。

然后当场就被小师妹拒绝了。小师妹说,对方给的爱太重了,她有点承受不起。比起毕业后马上踏实安分地结婚生子，流浪闯荡更加吸引她。

男生不死心，斩钉截铁地放话："不管多久，我一定等你并且一定会娶你。"

那哥们的认真劲感动了我好久，我还真担心他被我小师妹吃定了，耽误了青春。

接下去的日子里，对方依然保持每天早上说"早上好"，晚上说"晚安"。不管小师妹有没有回复，他只是坚持。

我知道小师妹也是差点被感动，几次犹豫要不就答应他算了。

可是，还没等小师妹下定决心，对方就传来婚讯，说他要结婚了，婚期已经定下来了。

爱情的巨轮真的是说沉就沉啊。小师妹似乎心里一块大石头落地，而我连发了好几次祝他幸福，以表达我内心的惊讶、祝福、感叹之情。

许久之后对方回复："其实我也没那么喜欢她。爱情和婚姻不一样，我等不到她，可我想结婚要个孩子了。"

我去。那你当初信誓旦旦说个鬼啊。

我们的爱是不是要死了啊，为什么随便逮着一个人就迅速奔着结婚去？怎么就没有人掏心掏肺地发现自己和对方是不是能够拼成一个完整的圆呢。

比起凑合着过，我更喜欢享受自由。

它让我在漫长的静谧时光之中，看清楚了自己和自己爱人的真面目，然后将所有的情绪收放自如。

这辈子总有那么一段时光，让你愿意用一生去换取；总有那么几次哭泣，让你愿意用满手的承诺来代替；总有那么几段刻骨铭心的场景，其中几个画面，让你愿意用毕生的力量来铭记。

　　然而这样让我们愿意用每个夜晚去复习的人,通常又都是错的人。

　　我想起那些年我喜欢过一个男生,真的是太不容易了。每一次奔去见面,脚上都像踩了风火轮,看着对方的脸,就指望着这一刻能成为永恒。

　　甚至连生病的时候,只要对方一个招呼,就可以主动飞到他身边。那时候最大的愿望就是嫁给他,在爱情里活生生沦为一只摇尾乞怜的狗。

　　然而,作为一只狗,喜欢上一个人,好像最终都没什么好结局,对方突然就消失了。

　　打个比方:那种感觉像电脑黑屏一样闪退了,重新开机还无效,提示你必须重新安装系统。重新安装了之后,电脑里的东西已经干干净净,特么真想拎起主机就给摔了。

　　然后呢?
　　然后就有了上述情节啊。
　　最后呢?
　　最后想通了啊。
　　没爱上过几个人渣,哪能随便穿上婚纱。

　　爱情是什么,它就好像是你买了票,去看一场早已经熟悉的电影,本以为熟悉到没有惊喜,却发现从头到尾,你还是会深陷在故事里。散场之后,一个人回家,依然默默回想很久。

　　每一个人的爱情都如此雷同,却又这样不同。有人心安理得,被爱得有恃无恐;有人倾其所有,却只能面对无动于衷。越是想要守护对方,却越是走不到那个人心里。

从执着到放弃，从温暖到怀念，有过那么多不甘心，本以为会一直坚守，却又在无言中放手。

其实，我不是一个很会讲故事的人，也无法一味地抒情。但是这些故事却耗费了我们生命之中的大部分时光。

有时候人群熙熙攘攘，有时候人影孤孤单单。

尽管如此，还是希望我们都能坚守自己的幸福。

任何口说的承诺都比易拉罐的保质期还要短。最大的勇气，是明天以后依然能守护满地的破碎。

爱情从来不是故事

> "
> 爱情从来不是故事，
> 只是我们听故事的人，
> 给了它故事的生命。
> "

今年九月的时候，我重新踏进了上海这座城市。

一年前我曾在这里听陈小姐讲了一个故事，再次回来，她坚持要见我。

因为是在出公差，所以时间很赶，晚上九点半，我见到了她和她现在的男朋友，当然，并不是曾经故事里的那个人了。

一年前，我来到这座城市的时候，是她把我捡回了家。

当时的心情至今回想起来已经有些模糊，好在都已经记录在案。在写这篇文章之前,我重新看了一遍那时候写下的故事和心情。于是,那些被文字定型了的一个个瞬间,重新翻江倒海而来。

"你为什么会来上海?"

"就想离开家。"

"为什么想要离开家呢?"

"我不喜欢依靠别人,想独立。"

"会一直待在这里吗?"

"我想会的。"

一年后。

"你会一直待在这里吗?"

"以前也许会说会一直待在这里,但是现在,我觉得待哪里都可以。只要我家那个萌大叔在就行。或许以后萌大叔想去天津,我也会一起去,开个小店什么的。"

一年前,她讲述那个故事的时候是哭着的,我看着她的眼泪夺眶而出,奋力从脸颊滑落。换作是今天再重复一遍那个故事,她必定是冷静而理智,甚至带着一些诙谐与幽默。

在她的生命里,陈小姐曾经以为自己遇到了一个可以一起坚守在上海这座城市里的人,结果她错了。这只不过是一次情感挫折而已,甚至最后闹到无法原谅的地步。

一段糟糕的恋爱,如同头顶的乌云,黑沉沉的,压得人喘不过气来。在和他一起的最后一段时光里,陈小姐迷失了,完全迷失了自己,卑微地生活着。

我一年前见到陈小姐的时候,她的状态非常差,气色不好,身体也弱,对生活迷茫，人生也有些惆怅。她的母亲特地从家乡赶来陪伴她。

面对陈小姐的挽留，那个人却一点都不为之动容，最后甚至消失不见，抑或拿出曾经的账单一一细数罗列。分手之后，真的是一点情分都没有了。

和那个人的回忆还在不断重演，牵手走过的路口，约会过的餐厅，一起看过的古镇，讨论过的电影……单方面结束的感情，回忆会一遍遍提醒你，情绪越来越疯狂，黑暗要将你吞噬。

即便是我陪伴着她的那几日，她也是显得孤零零的。

分别的那天，其实我一直有一句话没说出口："不如回家吧。"我知道，这句话我一定不会说出口。

我走了之后，陈小姐依然继续在这座城市生活着。每天早上 6 点准时起床，吃完早点，带上准备好的中午饭菜，六点半出门，然后乘地铁 8 号线在人民广场转 1 号线上班，一共要花一个多小时。周末的时候参加 CPA 的补习，或者去看一场没有人的午夜电影。

时间过去之后，我确信，陈小姐会活得更快乐。当她离那段往事越来越远，她就能更加清醒地看到那个男人的灵魂，认清真面目。失恋和伤害，在上海这座拥挤又快速的城市被无限放大，最后又无限地弱化。

失恋后，有的人抽烟喝酒，有的人投入新人的怀抱，以为这样就能忘却旧情，结果你拼尽全力，仍然失败。

当你感觉很累，但无法入睡；当你失去某物，但无从替代；当你太深爱某人，但不得不放手……

还能更糟糕吗？当然不能了。

所以，一切都会开始慢慢地变好。就像陈小姐一样，慢慢地彻底放下，开始重新专注于自己喜欢的事物，认真吃饭睡觉，重新躺在自己的床上沉沉地进入香甜的睡眠。这一切，都是新的开始。

直到——遇见新的人。

这次见到陈小姐，发现她比以前快乐多了。

她和比她大一轮的大叔男朋友一起来见我，我们坐在街边的小烧烤摊上聊了很久很久。

大叔的妈妈和陈小姐的妈妈在一场相亲会上认识，两人分别去接自己的妈妈回家却意外地邂逅了，不算是一见钟情却是爱得顺其自然。

大叔很萌，总是逗得陈小姐捧腹；陈小姐很傻，需要大叔永远的守护。

你看，故事说到最后，还是充满了烂漫的粉色泡泡。即便是在上海。

只是这其中，我忽略了一些很残酷的现实，比方说，陈小姐父母的反对，两人因忙碌的工作聚少离多。

幸福真的不是一件容易的事情，需要两个人一生的努力。刚开始幸福都有很多，只是接下去要跨的山丘和海沟都是纪实。

爱情从来不是故事，只是我们听故事的人，给了它故事的生命。

爱情的理由只有一个——因为爱，而分开的理由却有无数个，放手比牵手一定要容易得多，相爱比离开要难得多。

陈小姐说，有大叔的地方就是家。无论在哪里，只要能和他在一起，就会快乐。

总有的人要先走

"

很多时候，

陪伴不如一只狗。

"

李尧是王挽挽的初恋。

海豚是王挽挽的梦想。

如果非要拿李尧和海豚比，那答案或许是，很多时候，陪伴不如一只狗。

挽挽养海豚是在李尧去巴黎出差以后的事情了，所以海豚不认识李尧。当然，海豚不是海豚，它是一只边境牧羊犬。

她还记得那天清晨去火车站，路边卖豆浆的小店冒着热气，天气太凉，连车辆行人都走得特别慢。李尧要坐火车去上海转机到巴黎出差，这一声"再见"大概就是两年。

站在车站检票口，广播已经报了三次"请检票上车"，没有暖气的候车厅里，李尧满眼泪光地抱着挽挽说，要不你陪我一起去吧。挽挽哭着说，你先找好窝，办好签证我就去。

回家路上经过宠物店的时候，挽挽看到一只六个月大的小边牧，小家伙圆头圆脑，白色的沙漏花纹从鼻尖贯穿到脑袋。两只眼睛在黑暗中炯炯有神地看着挽挽，像极了李尧。她一动心，就带了回家。

朋友们听到这个消息的时候都为这只边牧感到不幸。挽挽连自己都照顾不好，怎么去照顾一只以后会长得和她差不多大的边牧。

挽挽说，大伙要相信她，她会像照顾李尧一样照顾它的。

挽挽给她的边牧取了一个很奇葩的名字，叫海豚。

她说，她一直有个梦想，要做一名驯兽师。高考完填志愿时，她翻遍了所有的海洋学院，发现根本就没有一个专业是训练海豚的。误打误撞念了会计，可是对数字一点也不感冒。就在某网站上挖了个坑开始写小说，这一写竟然也写得小有名气，有了一群忠实粉。

她的边牧叫海豚，那是她的梦想，而李尧是她的爱情。所以，她说自己现在是梦想与爱情两不误。可是，其实，她的梦想已经不是当初的梦想，而爱情也不是当初的爱情了。

小家伙很皮，叼袜子，啃地毯，撕餐巾纸，咬珠帘子，但凡所经之处，几乎无坚不摧。

只要挽挽一伸手要打它，它就马上低下头去用一双闪烁着无辜的眸子看着她。

挽挽心软，抬得高高的手落下去的时候就变成轻轻地拍了拍海豚脑袋。

更让挽挽费神的是，小家伙精力旺盛，只要睡上七十分钟，瞬间又是满血状态。

于是，空的时候挽挽就和它玩起了捉迷藏，让它在前面跑自己在后面跟着，趁它不注意悄悄躲起来。

海豚一回头，不见挽挽，连蹦带跳地到处窜，沿着墙壁狂奔，找遍每一个房间，直到把挽挽找到。

海豚也会有找不到挽挽的时候，就发出"呜呜呜"的声音。

宠物店老板告诉挽挽，那是边牧的哭声。她就心疼了，再也没让海豚找不到自己。

有一次李尧打电话来的时候，挽挽正在和海豚玩捉迷藏。

挽挽躲在卧室的门后细声细语地问李尧："如果哪一天我不见了，你会像海豚一样疯狂地找我吗？"

李尧放声大笑。"当然不会。"挽挽顿时怒气冲冲。马上又听李尧继续说："我会让海豚去找你，他肯定知道你躲在哪里了。"

挽挽顿时很满意，蹲下来对着找到自己的海豚又抱又亲。挽挽对着电话说："反正你不在，我就亲着海豚。"

海豚不知所以，只顾着欢喜地摇着尾巴舔了挽挽一脸口水。

挽挽从来没有教过海豚任何指令，但它自己还是慢慢学会了一些。比方说，挽挽打开车门，它就会自己跳上去；比方说，挽挽一坐在电脑边上，海豚就会蹲在边上睡觉；再比方说，挽挽把东西丢出去，它会跑很远为挽挽叼回来。

我们都在愿意爱的时候，即便付出一切也要在一起。那样的时光真是甜腻冗长，骗走了盛夏，偷走了光年。

就在我们所有人都惊叹世间这两样奇葩竟然和睦相处，一人一狗竟也相依相伴着的时候，大家都忘了养宠物和谈恋爱一样，都是需要勇气的。在这两件事上，永远是——开始的时候快乐有多少，结束的时候痛苦就会翻倍。

不知道从什么时候开始，挽挽每天醒来第一眼看到的不是李尧的短信，而是海豚的狗头；不知道从什么时候开始，安慰挽挽伤心难过的不是李尧的电话，而是海豚的一脸口水；也不知道从什么时候开始，李尧的电话不再准时打来，而海豚时刻都在。

挽挽从来不玩微博什么的，只顾着活在自己的故事里。所以，倒活了几分荣辱不惊的感觉出来。

如果真能一直这样也好，偏生她的编辑总是向她灌输，现在写网文不比当年，也要懂得宣传，更加要懂得和读者互动……

在编辑的狂轰滥炸之下，挽挽也只好妥协下来，申请了微博。

挽挽记得李尧也是有微博的，据说好像还有过认证。挽挽想着他出差应该会发一些动态，花了大半天的工夫在人山人海之中挖出了这个人。他的微博上除了一些转发别无其他，挽挽便心血来潮去翻翻李尧关注的人。

就在李尧关注的几百号人里，竟然有这样一个账号的头像是——

陌生女人和李尧的大头照！

从别人的微博里看到了李尧。那个头像是两人在夜晚巴黎铁塔下贴着脸的合照，简直浪漫到叫人心融化，却也同时残酷到让人撕心裂肺。里面记录的才是真实的李尧吧，五彩灯光下，Ａ字形铁塔下时而妩媚时而俏皮的表情，烟火满天塞纳河岸的相拥相吻。

挽挽记得李尧曾说过要带她一起去巴黎的。而这个夏天还没结束，提出要带她一起去法国的男主角却已经牵起了别人的手，她浑然不知。

那个晚上，挽挽用带着自己名字的微博分别 @ 了两个人，并祝他们幸福。

天南地北的爱情，连分手都很沉默。

对于挽挽来说，李尧陪她一起成长，却用短短几天时间让她放弃了对爱情的所有执念。

挽挽的世界观总是坚定地认为，这个世界上有百分之五十的烦恼是通过好好睡一觉就能解决的，至于剩下的那一半，等睡醒了再去想。

于是，挽挽就在自己的小房子里没日没夜、昏天暗地地睡了过去。

最后看到奄奄一息趴在自己边上的海豚的时候，挽挽才清醒过来。如果再不去买狗粮，她的梦想就要死了，虽然她的梦想早就死了。

海豚从命悬一线到精力充沛，几乎只用了半袋狗粮的时间。原来，一只狗从精疲力竭到精神焕发，只需几十分钟时间回血。而一个人受了伤却要用不知多少时光才能痊愈，很多时候，真的是人不如狗。

挽挽决定带着海豚去散步。

已经立秋了，天还是那么热。她就突然想起了大妈的那句话，再热也热不过初恋。

海豚怕热，流了一地哈喇子；挽挽很热，流了一地眼泪，哭得不成人形。

后来李尧回来了，来收拾东西准备离开。

海豚不认识他，只知道这个男人在把自己家里的东西带走，就一直朝着他吼个不停。

挽挽只好拉着海豚离开，海豚不肯，一人一狗在家门口展开了拉锯。

李尧走后，没有带走挽挽床头那只他送的彼得兔，她抓起彼得兔就从窗口丢了出去。海豚二话不叫，拔腿就冲出门。几分钟后，一狗一兔出现在挽挽面前,挽挽夺过来继续丢出去,海豚就再下去捡起来。

　　就这样重复了好几遍,挽挽坐在地上哭得稀里哗啦。"他不会回来了! 不会回来了! 你捡回来有什么用!"

　　海豚也坐在旁边,头静静地贴着她的膝盖,用脑袋拱拱她的肩膀,然后叼起了彼得兔冲下楼。

　　挽挽后来说,自从那次起,海豚就再也没有去捡挽挽丢出去的东西。

　　原来时光太匆忙,我突然想起了很多事,三四岁时的玻璃珠子,长大后的珠宝首饰。

　　那些年心中的少年,现在失去的爱情,这些都是曾经的梦想与爱情,现在偶尔想起却没有半点波澜。这些梦而不得的东西,早就已经存放在心底,其中的热情早已消逝在如烟的岁月里。

　　最后,但愿你的眼睛总能看得到笑容,但愿你流下的每一滴泪都让人感动,但愿你今后的每一个梦都不落空。

爱情里的嗅觉失灵

> 那天我抱着你，我说你身上的味道真好闻，
>
> 你笑了笑说，我已经两个星期没有洗澡了。

前段时间，我在网上买了一个青芒，又青又涩，根本没法吃，就把它丢到一个角落里。

后来收拾房间的时候，某个角落竟然飘来一阵清香。循着味道飘来的方向找去，发现竟然是它在那个角落里默默地成熟了，和这个季节一起。

每次一说到味道，我就止不住会想到一个人——我的朋友吉儿。

她是像花千骨和香妃那样生下来就带有异香的人？

你想多了。她其实是一个鼻子特别好使的人。每遇见一个人，她都会记住

对方的味道。

她说,纽约是浓浓的消毒水味,巴黎像一叠受潮书报发霉的陈旧味,最爱的是巴塞罗那那种麻质衣服晒干后暖暖的味道。

但是,她还是对南京秋天的味道情有独钟,要不然她一个北方的姑娘怎么就来来去去还是回到了南京呢。

吉儿深信不疑所有的一见钟情都只不过是视觉上的意淫,只有嗅觉才是深入大脑的虔诚爱意。

就这样,凭借着嗅觉对她的神奇召唤力量,那年夏天,吉儿喜欢上了一个男生,直接原因是那个男生的身上有让她心动的味道。

那是 2012 年的迎新晚会。男生有一个节目,随手将自己的外套丢给了吉儿,让她保管。

吉儿拿着外套,闻到了一股暖暖的薄荷味儿。在人山人海的晚会现场,她说她竟然像穿越了一次热带雨林。

我好奇,问过吉儿到底是什么味道?

她总是一边笑一边说:"这是你们凡夫俗子闻不到的味道。"

我说:"你是狗鼻子,我们比不过。"

吉儿猛吸一口气,秋天就是有一股好闻的秸秆气味。

我猛吸一口气,打了个哆嗦,还别说这秋天也挺冷。

几个月后两人真的水到渠成地在一起了。

那男生叫少康,是从农村出来的孩子。因为家境不好,两人的生活开支基本都是吉儿承担的。少康对吉儿也很好,一应杂务琐事都包揽了去。用吉儿的话来说，两个人的爱情其实充满了各种不同的幸福味道。

早上，幸福是少康手里豆浆油条的味道；中午，幸福是他张罗的一桌饭菜的味道；晚上，是图书馆里厚重书卷的味道。总之，吉儿的鼻子嗅到了各种幸福的味道。

甚至，毕业的时候，两人都没有辜负我们这么多人的鼻子，我们都去了天南地北的时候，一南一北的两个人却都留在了南京。

后来，我再次听到他们的消息是在上海。

那是 2014 年，我出差去上海，她说她也在，晚上赶来见我。

她说："本来应该请你去我家里的，可惜不方便。"

我说："怎么，难不成金屋藏娇了？"

她说："他弟弟和母亲都在，现在一大家子都住在一起。"

服务员走过来，端上两杯柠檬水。

吉儿嗅了嗅。"上海的水，不如南京的味道那么好。"

我用力吸了一大口气，又生猛地吞下一大口，一嘴巴的柠檬味。我又想起了吉儿灵敏的嗅觉，打趣她："怎么，难道上海的味道不好么？"

吉儿却没有回答我，低头继续喝水。"六米，你说是不是什么东西都有个保质期？一旦过了保质期，味道就会变？"

我说："连保鲜纸都有保质期，又有什么是不会过期的呢？"

那年大学毕业，少康在南京的工资很低，只够自己一个人吃饱穿暖。吉儿在交了不知道几次房租之后爆发了。

"你这样子是准备要好好过日子吗？"

"你就打算这样让我跟你一辈子吗？"

"你觉得这样下去我们什么时候能结婚？"

那一天，吉儿的鼻子里肯定是塞满了火药味。

少康没有说话，第二天收拾了行李默默地去了上海。

两个月后，吉儿也辞掉工作去了上海。

吵架就像是抛锚，抛过一次之后就会经常抛，屡试不爽。

因为饭菜不合口味吵架，因为花钱方式吵架，因为东西摆放的位置吵架。吵着吵着就吵到了分手。

起初吉儿哭，后来也就不哭了。吵累了就出去走走，上海高架那么多，一走进去就容易迷失，无论嗅觉再敏锐也没用，狗鼻子也闻不出回家的方向，因为根本没有家的味道。

几个月后，又分手了。吉儿一个人拖着行李就离开了家，从四平路走到南京东路，蹲在南京东路地铁 2 号线的出口实在忍不住哭了起来。尤其是看到南京两个字的时候，整个人都不好了。

吉儿说，在上海的日子是她嗅觉失灵的日子，闻不到花香，闻不到薄荷的味道，甚至连爱情，都是无色无味。

这个社会，不知道从什么时候开始有了日期，又不知道从什么时候开始什么东西都有了保质期。秋刀鱼会过期，肉罐头会过期，甚至就连保鲜纸都会过期。然后我就开始怀疑，这个世上，还有什么东西是不会过期的。

东西一旦过了保质期，就会变了它原来的味道。我就开始怀疑那个让吉儿心动的味道是不是也会变味。

那爱情呢，爱情会不会变味了？如果爱情的味道变了，还是吉儿想要的味道吗？

那天晚上，吉儿买了最晚的一班车，回到了南京。

下动车的那个瞬间，吉儿的嗅觉就开始慢慢地恢复了，首先闻到的就是熟悉的味道。

原来，爱是所有细微的触类旁通，却唯独不是爱本身。

后来在南京，吉儿认识了新男友。他比吉儿大十一岁，吉儿就叫他老白。

老白是公司的高管，成熟稳重。每天只是按时上下班就能把乱成一团麻的公司收拾得井井有条，回到家又能把吉儿照顾得像个幸福的小公主，没有再让她一个人行走在冷冰冰的高架上，也没有让她一个人闻着冷冰冰的夜风。

吉儿闻着老白身上稳稳的味道。她也会想，老白曾经经历过怎样的伤心事，他曾爱过谁，被谁爱过，他在爱里又经历了怎样的恩慈与辜负，才成为今天这样温厚柔软的人。

吉儿不知道，她从来没有问过他，以后也不打算问。

和老白在一起的日子安稳而幸福。老白每天经过附近菜市场的时候会买一些吉儿喜欢的饭菜来用心做饭，他记得吉儿喜欢的味道和不喜欢的味道。每天吃完饭，吉儿会在老白臂弯里一起看会电视，然后闻着老白的味道心满意足地睡着。

老白坐在窗边看报纸，吉儿坐在他身边嗑瓜子。

风从床边吹来，拂过老白，吹来了他的味道。

她放下手中的瓜子，深吸一口气。

嗯，真好闻啊。

每个人都有每个人独特的味道，

那个味道可能是天生的，可能是后天的，

它可能是他衣柜里那包清新剂的绿茶香，

也可能是他打完篮球后汗水的味道，

也可能是某种沐浴露或者洗衣粉的味道。

它大多数时候难以名状，

却又莫名地吸引着你。

因为一个味道，

爱上一个人。

味道会深深地印在脑海之中，

一旦闻到就会触发记忆，

希望你也能找到对你来说独特又好闻的那个味道。

承诺像狗，牵着人走

"

不是承诺使我们相信一个人，

而是我们相信一个人才相信他的承诺。

"

小曦的男朋友逝泽，是我们几个朋友公认的好男人。

天晴下雨，冷暖温饱，小曦都能收到他的一条短信："天冷注意加衣。""今天要下雨记得带伞。""早晨别忘记吃早餐。"虽然只是形式，但真的是心意满满，我们都看好他们，即便他们是异地恋。

逝泽也承诺，等他有能力了，会去小曦的城市一起生活。

四年前，小曦第一次喜欢上逝泽。

那时候两人念的是理工科，小曦苦逼地挤在一群男生里。大学那会最讲究的就是宿舍集体活动，最怕的就是孤独这东西出现在生活里。可是，在一群男生中，她一直没有朋友，一个人上课下课。

有一天早晨，宿舍其他人都没课，小曦一起床便发现自己迟到了。急匆匆拽了本《通信原理》就往教室冲。结果却发现，"电子线路"课的老师站在台上讲得甚欢。

这老师出了名的严厉，连位置都是按照顺序来排的，听说被他挂科的学生，围起来能绕校园一周。

小曦还没坐稳，就被叫起来回答问题。正当小曦发愣的时候，坐在她旁边的逝泽推了画好答案的书本过来，帮小曦顺利过了关。老师一听回答正确，也不好再说什么。

只是自那以后，她的手机短信里都会提前收到一条短信，提醒她下一节课的上课时间和内容。

小曦说这辈子有两件事情忘不了，一件是大四那年的课表，还有一件就是那天"电子线路"课上，逝泽的侧脸。

她对我说这句话的时候，两人已经顺理成章地在一起了。那阵子小曦很幸福，逝泽的一句誓言就足以让她信奉一个青春。

逝泽是在多媒体教室里表的白，投影仪幕布上是冉冉上升的太阳，像小曦的名字一样充满了希望。逝泽说，这辈子非小曦不娶。也就是这句誓言，让小曦信奉着走过了一个青春。

毕业后小曦考上了家乡的公务员，稳定踏实。

逝泽也顺着父母的意，先回了老家。临走前，逝泽说，等他有能力了，就去小曦的城市一起生活。

小曦用力点点头，坚信不疑。

两人在不同的城市，每天隔着电话说话。

天冷的时候，逝泽说，天冷了，下次见你我帮你带热水袋去。

下雨的时候，逝泽说，下雨了，下次送你一把伞，这样每一个下雨天你就都能想到我了。

难过的时候，逝泽说，别难过，很快我就会去你身边了，以后我的肩膀就是你的依靠。

放假的时候，逝泽说，等空了，我要带你去巴黎，一起去看看埃菲尔铁塔。

逝泽总是这样温柔体贴。

小曦对着未来充满期待。

可是见面的时候，逝泽却从未曾带过一次他口中的东西，一切都好像只是动听的情话。然而小曦想，其实那也并不是那么重要，只要逝泽是关心她的，心中有她，也便足够了。只不过，小曦心中难免会有些失落。

一年后，逝泽依然毫无动静，似乎在他自己的小城扎了根。两人见面的次数也越来越少。

小曦心中有些不安，问他：“你打算什么时候来我的城市？”

电话那头很安静，什么声音都没有。回荡在小曦脑海中的，是逝泽当年掷地有声的誓言。

半晌之后，传来弱弱的声音：“我父母不同意我离开家。”

小曦很难过，哭哭啼啼地说分手，其实她只是想吓一吓他。她想着下一秒，他就会过来安慰她：“放心，我一定会履行我的承诺，我爱你，我不会离开你，我一定会到你身边去。”

可是，电话那头，他想了想，却说：“好。我们分手吧。”

小曦失控了，她像所有偶像剧里的狗血女主角一样，在逝泽刚挂电话的那一秒就后悔了。在逝泽离开的那一个月里，小曦无数次丢掉自尊心，求他原谅自己的无心之失、一时口快，求他和自己和好，哪里不对，她都可以改。

可是，他怎么都不愿意和好。

最后，换来的是拉黑朋友圈，屏蔽微博，拒听电话。

其实所谓爱情，不过是一句爱与不爱。说白了，只是他不爱你了。你知道的，男人的承诺在嘴上，男人的爱在行动上。

小曦从此没有了那些情话的依靠，却突然发现这个世界充实了。她开始一个人认真地生活，不再期待手机里那些暖心的情话，更不再数着日子等待那些承诺变成现实的那天。

她突然想到逝泽曾经说过要带她去看埃菲尔铁塔。于是，她休了年假办了签证就去了。去了之后发现不过如此。她望着繁华的霓虹夜景，回想着过去的一切。

逝泽说过很多。

连我们都还记得。

吃饭的时候说：我要和你吃一辈子的饭。

看风景的时候说：我要陪你看遍所有的风景。

走路的时候说：我要和你数遍人生的公路牌。

到后来，小曦找我聊天。

我问她，为什么分开。

她说："到后来我突然明白过来，我和他之前的爱情就只有承诺。"

我说："不好吗？"

她说："你相信承诺吗？我以前愚蠢地把逝泽说过的每一句话都记住，然后傻傻当真。到后来我才发现，那些所谓的贴心情话，不过是握不住抓不着的笑话而已,只能听听就算了。"

　　原来,以前我们总是会错把贴心的情话和问候当作是爱情。有情饮水饱,一句承诺足以暖心一整夜。

　　可是到最后,那些说要陪伴你的人,没有几个在身边了。他们要么是有了新欢,要么就是去了别的地方。

　　我突然想到有一段经典的台词:如果一个人喜欢你,请等他对你百般照顾的时候再相信。如果他答应带你去一个地方,等他订好了机票再开心。如果他说要娶你,等他买好了戒指跪在你面前再感动。感情不是说说而已,我们已经过了耳听爱情的年纪。

　　真的如此。

　　我们对爱情的渴望,并不是几句誓言就可以填满。

　　天冷时一个拥抱,胜过千百杯开水。

　　下雨时一把伞,才能撑起一片晴天。

　　难过的时候能傍身边,抵过所有关心。

掩埋在岁月里的深情

玉馨分手了。她永远不会相信，也不敢相信，自己苦心经营了这么多年的爱情，竟然在欲望面前输得一塌糊涂。

有时候，有的人明明可以有更好的选择，或者能往更高的地方去，却只是为了求得心安，寻得一份踏实。

不为别的，当初和何天在一起的时候，只是因为这个男的踏实憨厚，值得信任，会对自己一辈子好。

在还可以炫耀年龄资本的时候，玉馨答应和何天在一起算是将就的。馨儿也算是朋友圈里数一数二的美女，品行都好，找个有钱的过好生活也是易事。

何天对馨儿，就像如获珍宝一般，放在最显眼的地方怕摔坏了，藏在兜里又恨不能时时相见，对馨儿说一不二随叫随到。

大家都说馨儿真会挑，寻了一个绝世好男人，一定会幸福，不会再有人比何天对她还好了。馨儿笑笑，默认了。

可是她不敢。玉馨是有洁癖的，不管是对生活，还是对爱情。

心理学上认为，有洁癖的人潜藏着一种道德焦虑，潜意识里存在不洁恐惧，洗涤身体象征着洗涤灵魂。当洁癖发展到一种强迫倾向的时候，爱情也好，婚姻也罢，就变得很不好玩。你不得不服从她内心的模式和烦琐的规则，甚至在家里也不得不草木皆兵，随地禁忌。而这一些，绝非馨儿的空穴来风。

那年玉馨还小，在一个记忆与印象都还很模糊的年纪。有一天放学回家，她兴冲冲地进门却看见了坐在地上的母亲，还有凌乱的床上，一丝不挂地躺着自己的父亲和一个不认识的女人。就在那一天，玉馨的父亲抛弃了年仅四岁的她和柔弱的母亲。之后她就再也没有见过自己的父亲。父亲离开的时候，母亲很决绝，没有流下一滴泪。馨儿抓着父亲的衣角哭着不让他走，却换不来母亲一句话。

父亲的身影消失在长长的小巷的时候，母亲瞬间崩溃了，抱着馨儿哭了一个晚上，哭到馨儿沉沉地睡过去也不肯放手。第二天醒来的时候，只见母亲在擦桌子，擦完桌子洗被单，总之把家里什么活都干了，好像从前要过年一样。

从此，母亲对父亲所有的事绝口不提。略为懂事的时候，馨儿从邻居的口中听到关于自己父亲的一些闲言碎语，说什么自己父亲跟狐狸精跑了，狠心抛下孤儿寡母，是个忘恩负义的陈世美。总之，没有一句是好话。上小学的时候，老师总是会布置作文写"我的爸爸"，馨儿总是被班上同学嘲笑，自己是没有父亲的野孩子，有人生没人养。

关于这些，馨儿在母亲面前绝口不提。她也曾问母亲，自己父亲在哪里。可是每当馨儿提起父亲，母亲总是开始无止境地擦地板洗衣服拼命地干家务，好像眼里揉不进一粒沙子。那样的场景太可怕，母亲的目光好像要把眼前一切肮脏的东西都吞噬掉。馨儿就怕自己也太脏，放学回家就洗澡洗衣服，甚至身上绝对不留一点铅笔污渍。那时候的馨儿，才九岁，本该是天真烂漫的年纪。

馨儿知道自己的母亲比别人要来得更不容易，所以她从小就很懂事。她想,只要自己对母亲的爱越深,就能把父亲留下的恨轻描淡写地一带而过。可是谁不知道,恨就像蒲公英的种子,清风拂过的时候早已缓缓地飘落在心间,发芽滋长。

无论馨儿多么努力,年年被评为"三好学生",拼命地帮母亲做大多数家务,母亲都好像生活在自己波澜不惊的世界里,自己无论比同龄的孩子做得优秀多少,都无法引起母亲的注意。她的眼里,好像只有揉不进的沙子。

馨儿上小学四年级的时候,考了全年级第一。对于这样的成绩,大概别的家长早已经大肆庆祝,宣告天下了。馨儿没等放学便兴冲冲地跑回家,希望把这个好消息告诉母亲,让她开心。开门进去的时候,家中安静得像灵堂,母亲洁白的床单上缓缓地开出了一朵鲜红色的花。

这么多年了,馨儿从懂事开始就没哭过。那一刻她再也忍不住了,瞬间号啕大哭。

邻居们闻声而来,看见倒在床上已经昏迷的母亲,马上打了急救电话。

还好抢救及时,没有生命危险。馨儿在母亲床边守了一天一夜。

母亲醒来的时候,看到自己那么小的女儿守在自己的床前睡着了,一只手还紧紧地拽着自己,瞬间就忍不住了,那么小的女儿,怎么忍心。她抱着馨儿,紧紧抱着,是妈妈不好,妈妈不好。

从那以后,馨儿在生活中开始更加谨小慎微了。馨儿似乎开始比母亲更加洁癖,生怕母亲看到桌子上的灰尘、墙角的蜘蛛网,都赶在母亲下班回家之前清理得干干净净,生怕自己一个不小心母亲又会离自己而去,半夜惊醒也要摸摸母亲是否在身旁。

馨儿是被逼着长大的,母亲支撑不下去的时候,她也要坚强起来成为母亲的依靠,成为这个两个人的家庭的依靠。父亲就这样深深地印在了馨儿心中,带着恨。随着时间的推移,这种恨逐渐加深加固,甚至在某一些时刻超越了母亲,伴随而来的便是对男人的恨,在她心中,男人都是可以抛妻弃女、忘恩负义的角色。

玉馨从小到大一直很争气,从来没有给母亲丢过脸,重点大学毕业之后顺利地进入了一家不错的单位工作。随着时间的慢慢推移,她也出落得更加标致、落落大方,身边不乏条件相当甚至非常好的追求者,只是都没有能够看上的。大家都说馨儿眼光真高,各种滋味只有她自己心里清楚。母亲开始张罗起女儿的终身大事的时候,馨儿开始把它提到了自己的日程上来。这辈子,只要是母亲说的,馨儿就没有违抗的。

在众多追求者中,何天并不是最出众的,也不是最有钱的,只是一个普通到不行,甚至都无法成为同事们八卦谈资的配角人物。那天是玉馨生日,同事们为她庆祝。吹完蜡烛玉馨宣布她接受了何天,决定和他在一起的消息时,何天脸上的表情比所有人都惊讶。

玉馨是不是爱何天我不知道,我知道的是,玉馨的妈妈开始催促她要带一个老实靠谱的男人回家了。玉馨说,同事这么多人出去聚会,喜欢她的男人总是围在她身边,不停地要和她喝酒。只有何天,默默地把她杯里的酒换成了苹果汁。

身边追她的男人很多,所有人都送她昂贵的珠宝礼物,只有何天默默地为她带一份豆浆和油条的早餐,早餐边上每次都会有一张字体清秀的便利贴,上面写着明天的天气情况和温馨的提醒。只是馨儿从来没有见过买早餐的人。偶然有一次,她走过何天办公桌的时候,看到了一排清秀的字迹,一对照才发现是他。要不然,这辈子估计玉馨都不会知道。

这是爱吗? 很多人会说不是,但是女人和男人不同。男人不会因为感动而爱,女人会。就这样,玉馨和何天在一起了。

本来，故事到了这里，该画上一个句号了。可是远远没有这么简单。

带何天回家的时候母亲很激动，一个人花了一个下午，张罗了一桌好菜。十几年来，何天是第一个踏进这个家的男人，也是十几年来母亲第一次烧这么多菜。看到母亲脸上久违的笑容，馨儿突然觉得自己的决定是多么的正确。

生命是个圆，我们时刻渴望冲破这桎梏。兜兜转转一个圈，竟怎样也逃不出这宿命。馨儿眼看自己离幸福越来越近，母亲的脸上也渐渐舒展出了释然的微笑。这是有别于从前的，好像她心中的那个结也开始化解了。

可是，原来真的没有不染世俗的情，没有不占欲望的爱。更何况，自己本就是市井里最不堪的一个。那夜月色正浓，何天俯下身子亲吻玉馨。就在这一瞬间，爸爸和那个女人的画面全部又一次历历在目，似乎这些被囚困在心牢的所有画面，都被这个吻打开了，放出来作祟身体的每一个细胞，甚至连发梢都好像是有记忆的。玉馨再也忍不住，蹲在公园的石凳下不说话。每每何天有什么亲近的动作，两个人的气氛就是顿时凝固下来，变得很冷很冷。

何天不是不知道玉馨的过去，馨儿的妈妈偷偷告诉过何天那一段不堪回首的往事。于是何天也不着急，等着玉馨慢慢地接受自己，自己不能去牵馨儿的手，那就等哪一天让玉馨来牵自己的手吧。是的，那时候他是这么想的。

他要把自己那套单身公寓的钥匙给玉馨，她不要，说还没有结婚，绝对不会非法同居。何天看到她一脸认真的模样，转念说，这是为了让你随时可以查房。玉馨坚持不要，回家却在自己的包里找到了一把崭新的钥匙，连钥匙扣都一模一样。心中一震，这个男人是真的想要和她过一辈子的。她认真地把钥匙收在化妆台的小匣子里。

何天就这样陪伴着玉馨走过了两个冬夏。在何天生日的那天，玉馨假装不知道,偷偷备了礼物准备去何天家为他庆祝生日。这也是玉馨第一次从化妆台的小匣子里拿出那把崭新的钥匙。

打开门那一瞬间,她以为自己进错门了。当她看到地上熟悉的衣物时才确信,她以为这是个梦,可是其中的每一个呼吸都真实得让她无法喘息。

女人精致的高跟鞋随意踢落在客厅的地板上,散落一地的衣服好像在疯狂地嘲笑她。

正常情况下,这个时候,她应该是发了疯似的冲着床上的那个男人咆哮。但玉馨没有,她只是走进去很安静地说,何天,钥匙放在厨房的餐桌上。再见。说完转身就走,留下一对惊弓之鸟。

已近凌晨的空气越来越冷,耳边的头发也会被微风轻轻吹起来。连衣服都没有穿好的何天急匆匆地出现在她面前,带着的还有一股刺鼻的酒味。玉馨知道他一定会追出来,可是就在刚才那一个瞬间,他已经把他们所有的未来都亲手葬送掉了。

何天一边追一边解释:是那个女人送他回家,他把她当作了她;是那个女人勾引的他,他喝醉了什么都不知道。

"你不要来找我了,我再也不想看到你。"说完这句话,玉馨一把推开酒还没彻底醒的何天,飞奔回家。看着消失在黑暗中的她,何天慢慢地蹲了下来。

日子依旧不赶不缓地过着,除了玉馨的电话常常响起挂掉,家里不见何天的影子之外,没有任何差别。母亲从玉馨脸上看不到一丝异样。母亲总是让馨儿有空带何天回家吃饭,她总是各种借口推脱,说他忙,说公司派他出差。

母亲是个过来人,其实任何一点细微的变化都瞒不过她的眼睛。趁着馨儿出门,母亲偷偷去找了何天。何天也把所有的事情一五一十告诉了母亲,并没有撒谎。母亲给了何天一个耳光。"你是想逼死我女儿吗?"

晚上回家的时候，母亲拿出了一本存折和很多信，让馨儿坐在自己身边，打开了话匣子。其实，十几年前，馨儿看到的那一幕，并非所有都是真的。那一年，馨儿的父亲和朋友合伙做生意，抵押了所有的财产，却在最关键的时候被朋友出卖，一个晚上一无所有。如果他不和母亲离婚，那么她们娘俩将会一无所有，包括现在住的房子。而馨儿的父亲知道，她母亲是一定不会同意离婚的。于是就有了馨儿看到的那一幕。

后来真的离婚了，父亲把所有的一切都留给了她们母女，自己孤身一人出去闯荡。没有人知道这些年他过的是怎样的日子，也没有人知道这些年他是怎样熬过来的。可就是自己狼狈到这样的田地，还不忘每月按时往存折里打钱。所有人都以为父亲和那个女人逍遥自在去了，可是直到前些日子，才知道不过是逢场作戏。而原因就是爱。

母亲是在家附近看到父亲的，他只是远远地看着她们母女俩，看着她们过得好就打算离开，没想到竟然会被馨儿的母亲发现。母亲说要带父亲回家，不管他现在变得怎样，都要带他回家。馨儿从来没有看到过母亲那样的坚持，认真。那一刻母亲的眼中是放着光芒的。

时间真的如流水，不管你是不是愿意长大，不管你能否回到曾经，它总是一如既往地向前奔流着。岁月无情，总是给我们带来苦难；岁月幽默，总是和我们开着大半辈子的玩笑。

再见到何天，馨儿也不知道已经过了多久。在没有什么人的大街上，面对面地遇见，打招呼也好不打招呼也尴尬，更何况何天身边还牵着一个女人。看到玉馨的时候，何天马上松开了手。最后还是玉馨先打了招呼。

"这么巧，带女朋友逛街。"

"是的，快结婚了。"

"嗯,什么时候。"

"下个月。"

"很好啊,结婚快乐。"

"嗯,谢谢。"

"那我先走了。"

"嗯,再见。"

其实,有些时候,她要的真的很少,也许只是想在岁月中寻得一生安稳的生活。

而那一刻,你却觉得一个女人愿意嫁给一个自认为一无所有的男人,只能说——她爱他的一切,她笃定他将是她一生的伴侣。

这世间幸福和爱情都来得不容易,
总是需要经历那些曲折。

我也特别希望这些情侣能够幸福,
能够美满,
恩怨忘却,留下真情从头说,
相伴人间万家灯火。
故事不多,宛如平常一段歌,
过去未来,共斟酌。

你妈逼你分手了吗

"

爱情无法计量，

所以很难衡量它对一个人的分量。

你有没有想过，

疾病、战争、灾难、诱惑、生死，

到底哪一样能摧毁你的爱情。

这是一个很残酷的问题，

不过当我抛出这个问题的时候，

我想很多人心里一点都没有底，

包括我自己。

"

爱一个人的时候，我们都曾相信这段感情是无坚不摧的，一直到碰上死亡这种无法抗拒的因素才能将彼此分开。

可是到后来，很多感情好像都不了了之了。才发现，摧毁爱情根本不用大动干戈到生离死别，甚至是鸡毛蒜皮的一点小事就可以了。

我听过这个世界上很多奇葩的分手理由，为了韩寒有没有代笔，柴静的纪录片是聪明还是愚蠢，我们吃要不要吃香菜，豆腐脑咸和甜哪个是正统，甚至吃完饭后剔牙的姿势不对……

刚开始无法理解，后来慢慢觉得其实也不矛盾。这些都是生活之中两人相处对自身"三观"的一种检测，对事物的看法有分歧因而双方本身出了问题，所以才分手。

我们大可以一笑听之，欣然祝福彼此遇到更好的人。真正让人心寒的是，"对不起，我家里不同意"。

我想和大家讲一个我朋友的故事，她是我高中时候的校友。她和前任分开许久，但每次看到这句话的时候，心里还是会抽搐。

前任是她大学同学，两人从上大学走到毕业。她为了能够与他生活在同一个城市，毕业后想都没想就去了男生的城市工作、生活。

那时候两个人特别好，几乎影形不离，也从来没有吵过架。

她说："人生有那么多选择的时候偏偏选择了他，大概这就是爱情了。"她觉得只要她认真了，那他肯定也假不了。

三年恋爱之后，两人顺理成章地走到谈婚论嫁，自然而然地就见了彼此的家长。

女生自身能力不差，男方家境也可以，原本以为一切都水到渠成，却在见了一次家长之后开始发生了变化。

男方的家长第一眼就不喜欢这姑娘，原因也没啥特别的，一是外地的，二是姑娘家里没啥钱，父母总觉得找个门当户对的比较好。

起初，她没太把这事放在心上。总想着爱情是两个人的事，即便父母再反对，彼此如果有心在一起，那就没什么可以阻挡的。照样每天努力工作，希望通过自己的努力攒够钱付房子的首付。

可是没过多久，对方母亲找上门来了，直截了当地说：你配不上我家儿子。她当即懵逼了，她想象不到电视剧里的场景会在自己身上上演，甚至是在这样一个年代，愣是一句话没说出来。

事后她和那男生说了这事，男生也没表态，只是保持中立。"爸妈有他们自己的想法，我们慢慢来。他们是长辈，我们总要尊重他们的意见。"

她想想也是，自己家境不好，总是要更努力一些才能配上他们家。毕竟人家父母总是想让自己的儿子娶个门当户对的。

这之后没过几天，男生突然西装革履，打扮得神采奕奕地准备出门。

她好奇地问："到底是啥事这么隆重？"

男生丢下一句一哥们生日就出门了，直到晚上才回来，身上却一点酒味都没有。他去洗澡，手机丢在沙发上。

突然一条短信窜了出来，是他妈发来的。"今天见的这女生怎么样？"

这时候她突然就爆发了。"你今天去相亲了！"

他一听第一反应不是解释，而是你跟踪我！

两人第一次吵架，也没有吵得面红耳赤，只是简简单单地互相伤害而已。男生不停解释，是家里人让他去相亲的，他拗不过，不想让妈妈担心，才去了。

曾经相爱的两个人，最终还是分手了。

姑娘没再说话，默默地回了老家。

我家里不同意。

为了不让妈妈担心。

结婚不是两个人的事！

这些话说得都真特么有道理，总是能让人无力反驳。好像中国百年的传统里，但凡和"孝"沾上边的事情都是神圣不可侵犯的。

就因为家里不同意，多少爱情败给了它。真的是因为这句话有那么大威力，让所有爱情都在那一刻苍白无措么？到底是这句话太决绝，还是两个人的爱情不够坚强呢？

其实，我特别不同意这句话。

结婚不仅仅是两个人的事，还是两个家庭的事。这话听上去貌似很有道理，其实想想没多大道理。

结婚跟两个家庭有没有关系？它当然有一定关系，结婚对象自然是要能把你父母当一家人的。但是父母不是你，婚姻归根结底是相爱的两个人最后走到一起，组建成一个新的家庭。

孟非说过这么一段给女儿的话，我听了之后特别有感触：以后不管她找的那个人是什么职业，受教育程度如何，背景如何，有钱没钱，帅不帅，我都不管。但若这个男生回家说，结婚这个事儿他要回去听爸妈的意见，父母如何如何了会影响到他的决定，那这个人不能嫁。因为他连结婚这个事都要回家听他爹妈的，说明他还没有做好独立生活的准备，更没有准备去独立选择一个和他共同生活的人。

结婚，真的并不是两个家庭的事，而是两个绝对独立的个体关于爱、关于陪伴、关于更好的生活的事。如果非要和家庭扯上关系，那只能是你还没有断奶，需要家庭的接济，或者经济上，或者精神上。

总有人说，得不到父母祝福的婚姻是不幸福的。

拉倒吧。好多得到父母祝福的婚姻也是不幸福的。

真的。我就想嫁给一个很平易近人的男人。

他没有大大的啤酒肚，没有地中海似的大光头，没有鸡毛蒜皮都计较的小心眼，也没有莫名其妙就发脾气的坏脾气，更重要的是，他爱我。

因为爱，所以他会抱着我说，嫁给我，无论何时何地。

说了再见的人就不要再去见了

我想你一定听说过巴甫洛夫法则吧。

即便你没有听过巴甫洛夫法则,也一定知道生物实验里有这么一只经过训练之后一听到哨声就会流唾沫星子的狗吧。

后来,有人利用这个法则,发明了"巴甫洛夫把妹法",曾经一度在网络上很流行。

所谓"巴甫洛夫把妹法",是一位生物学人士研究出来的,具体做法就是:

每天在你心仪的那位女同事或女同学的抽屉里放上精心准备的早餐,并且保持缄默不语。

无论她如何询问,你都不要说话。

如此坚持一至两个月,当妹子已经对你每天的准时早餐习以为常时,突然停止送餐。

她心中一定会产生深深的疑惑及失落,同时会满怀兴趣与疑问找到你询问,这时再一鼓作气将其拿下。

此法借鉴了不朽的生物学家巴甫洛夫之"条件反射试验",故名"巴甫洛夫把妹法"。

真是够混，追姑娘当喂狗呢。

但我一听，还真是牛逼，肯定奏效啊。

据说南康追沐月的时候，就是遵循了这个法则。

沐月是一年前搬到我对面的邻居，我们是在麻辣烫摊子上遇见的。

摊子外罩一红色棚子，顶上挂着黄色灯泡，炉子里蜂窝煤红火地烧着，热油顶着人声鼎沸的来客。

我们一起买完，一起离开，一起上楼，一起开门，才发现原来是邻居。

这个姑娘很安静、温婉。以至于后来的我，始终无法把她和八点档电视剧一样狗血纠结的爱情故事联系在一起。

起初，我们话很少，只是偶尔撞见的时候微笑问个好而已。

后来，我们话也很少，走之前，她曾和我讲了一个故事。

之后，她便再也没有在我生命里出现过。

我知道沐月有一个男朋友，叫南康。

我请她到我家坐过一次，她被锁在门外的时候。

我请她吃过一次麻辣烫，她忘记带钱的时候。

我请她喝过一瓶啤酒，她讲起那个故事的时候。

她说她是两年前认识南康的。他追她只用了二十一天，遵循网上盛行的"巴普洛夫把妹法"。

等到两人做完所有情侣之间会做的事情之后，南康开始重新升华了一下对爱情的定义，挑战了其他疯狂的类型。

据说当时温婉的沐月是喊着"我才不稀罕喂狗的感情"离开的。

可是在爱情里，好多人活得就不如一只狗。

有些爱，真的就像是在作死。明明知道有些电话不该接，有些短信不该发，还是手贱；明明知道伤心难过一点儿也不值得，却还是哭成狗；明明知道他的回来只不过是寻找些许慰藉，还是伸开双手拥抱他；明明知道这样糟蹋自己的感情不对，还是拼命地要犯贱。

喝得烂醉的沐月冲到南康家里，说了一大堆掏心掏肺的话。她以为自己放弃了自尊，伤害了自己总能换回来一些。

却在这时，从南康家里走出来一个女人，笑着说："这谁啊。"

后面的事情沐月记不清了，不知道是因为过去得太久还是醉得太深，醒来的时候发现自己躺在家里的床上，躺在南康身边。

爱情就是这样，不作死就不会死。

人有时候真的比狗还贱，有个人曾经给了你一点温暖，对你好，你就会念念不忘，以为他一直都是爱你的。还拼命为他找理由：他或许是因为家里的反对才离开，他或许是怕自己没有能力照顾好她才离开，他一定是遇上什么事了才离开。

这是病，得治。否则总有一天，你会输得一塌糊涂。

讲到一半，沐月问我要了一杯水，我递给她一罐蓝带。放心，我绝对没有别的意思。

她说"谢谢"，然后继续讲。

这个叫南康的男人好像是回来了，继续活跃在沐月的生命里，有一天没一天的。

而沐月默认他们复合了，加倍对他好。她想，毕竟是她的挽留才让他回头的，那自己就应该多爱他一点，让他感受得到自己的付出。

那会两人一直默契地进进出出。虽然我一向不提倡旧情复燃这回事，但是看到她讲着讲着脸上流露出的笑容，倒真希望他们能够和好。

可是，想都不用想，后来他们再也没可能了。

沐月断断续续和我聊了一个多小时，我才知道这段时间她是怎么过的。

南康有空就会来她这儿，两人会一起去看电影，去逛街，可是决口不提未来。一说到未来，南康的脸色就会变得很难看，沐月也就只好不再说话。

两人就这样安安静静地过了五个月，直到几天前，好像是南康瞒不下去了，被一个女人拉来摊牌。

沐月开门的时候，发现南康的身后站着一个女人。不是别人，就是那天在南康家里的那个。

后面的剧情我不写想必大家都猜到了。那个女人怀孕了，逼着南康和她结婚，家里其实早就知道两人的关系，甚至连婚期都已经定好了。

现实就是这样的残忍，明明早就已经说了再见，本来早就该画上句号的故事，却在她的优柔寡断之下又继续深化了伤害。

分手后，他和她做着很多暧昧的事，却又决口不提未来。其实，南康早就已经不喜欢她了。一个连未来都不敢和你谈的人，怎么可能给你未来。

我不知道该说什么好。只能抱抱沐月。

她对我说，一定要把这个故事写下来，告诉大家：分手之后真的不要试图回到过去的日子，即便你们还有千丝万缕的联系，即便你还奋不顾身地爱着他，即便他对你的关心和问候都是真的，但这永远不是再续前缘的完美理由。

离开的时候，我问沐月："你后悔吗?"

"不后悔，但绝对没有下一次了。"

真的没有下一次了，那之后，她就搬走了。在这个城市，我再也没有遇见过她，也不知道她过得好不好。

最后，甚至连我们经常去的麻辣烫小摊也关门了，再也没有出现过。

年轻的时候谁没爱过几个人渣呢?

残酷吗? 当然残酷。

公平吗? 当然不公平。

值得吗? 我怎么知道!

其实告别过去很简单，不要贱，不要见。

说完了再见就当作是永别。

很多时候，我们总是缺少勇气，在物是人非的世界里，郑重其事地说一声"再见"。

原本在说了再见之后就应该永别的故事，从春天拖到了秋天。

有些告别，如果是注定，为何不在分开的时候就果断一点，决绝一点，狠心一点。

不然，等到总有一天最后的结果浮出水面的时候，会有多难过，多崩溃。我们，都要毫不避忌地去谈分别，聊离开，说再见。

生命中曾经有一个人需要我

我再也见不到你了。

这辈子，我再也没机会看见你冲着我笑，眼角眉梢再不会是我熟悉的弧度。往后的岁月，我再也无法一路看着你嘴角冒出胡茬眼角泛起皱纹。

从此以后，无人像你，也但愿无人再像你。

那些年我的时间曾为你而停过，只是后来当它再度恢复流动，真的就无人能再赶上了。

前两天，大学时候用的笔记本电脑报废，从此那个时期所有的聊天记录全部都变成一块冒烟的内存卡，再也读取不出数据。隔着一个屏幕的距离，我忽然想起了你。

你早已结婚，如愿以偿地过上想要的生活，一儿一女，平安喜乐。

我一直单身，一个人熬过了所有的苦，也就没那么想和谁在一起了。

分开已经五年，我们没有任何交集。

我以为漂泊的这些年，早已经把所有的故事忘记。却没想到，写下这些的时候还会难以呼吸。

不为别的，只为那难以再回去的青春，那里藏着我最爱的人。

我知道那所校园里依然还会有很多青春的故事不停上演，只是我们，无论如何也无法阻挡时间的年轮，碾过青春故事里的我们。

那天刚好也是电脑死机，我正在赶一张学校演讲比赛的宣传海报，特别急。实在没办法，我只好火急火燎地向你求救。你拾掇了一下立马给我送到宿舍楼下。

那时候我大三，你大二，学校的芒果树上正好挂满了青涩的芒果，从认识你那天开始算起正好整两年，在一起一年。

两年前，我空降校学生会宣传部当部长。整个部门几百号人就数你意见最大，蹬鼻子上脸，第一次见面就没给我好脸色，非要和我一较高下。

"我们这部门，女生当男生使，男生当畜生使，你凭什么觉得自己可以当好畜生的头。"底下掌声雷动，大一的学弟学妹们都表示对你的小幽默很满意，你在一片叫好声中把问题抛向了我。

"凭半个学校墙上贴的半成海报都是出自我的手笔！"我回答得风风火火，对你的话一语回击，下面一片哗然。

你看着我，没再继续找我的茬，我手心里捏了一大把的汗。

我不知道是什么时候成功收买了你，总之从那以后，只要是有我出现的场合，你一定会比我早到半小时。只要部门讨论到我，你总会第一时间站在我这边打压住所有的流言，甚至成了配合度最高的一分子。

我想至今你也一定不知道我是怎么知道这些的吧，或许这些注意我从未允许让它们走进你的记忆，或许甚至我连自己也不知道是什么时候开始关注你生活里的每一个细节。

是在你突然出现在我自习的那个教室里的时候，是在你总是把我的活抢着干完的时候，还是球场上某个飞驰的身影很像你，然而我却忘了你根本不爱打球……

总之这些都已经不重要了，现在我们已经在一起一年。当初部门里的流言、朋友们的质疑，都已开始慢慢地消失，取而代之的是祝福和看好。

我打开你的电脑开始赶海报，上面密密麻麻全是英文。我气得快吐血，一边听娘娘帮我翻译一边操作。我知道这是你为我准备的。

当时我们学校有个变态的规定，就是四级不过拿不到学位证。为了顺利毕业，我必须努力一把。

你知道了以后，作为一个气血方刚的男性，坚持陪我自习到最后一分钟，甚至回了宿舍还仗着自己口语好来抽查我。

有时候我看得太投入一不留神就趴在书上睡着了，你就没事一个电话轰过来把我吵醒，噼里啪啦一串英文骂我，骂完之后还让我翻译你骂的是什么。

我很感动那时候的你能一直陪在我身边，每天晚上睡觉之前想到你我就会感觉到心安。因为你在，所以身边总是有个声音，能够时时刻刻把我从或迷茫或痛苦或韩剧或斗地主或 YY 之中及时拉出来。

那一刻真的以为我们会长久，就像我坚信我的四级能过一样。

然而却没有。

四、六级考试那天，我意气风发地走进考场，垂头丧气地走出考场。我觉得我还是逃不开这么多年的套路，一到考试就有个声音告诉我："三长一短选最短，三短一长选最长。两长两短选 B，参差不齐 C 无敌。"我根本没办法认真去阅读。

你唾沫横飞地批评了我整整一个下午,最后带我去吃我最爱的大台北双皮奶。

三个小时后海报顺利完工,娘娘色眯眯地盯着我手中的笔记本电脑看。"我觉得里面肯定有秘密,要不你拿过来给我验证验证。"

我一脸不屑地看着娘娘,斩钉截铁地站在你这边,帮你发誓你才不会有什么秘密!

娘娘不信,非要跑过来验证。我一把抓过她手中的面膜往脸上抹,她一把抢过你的电脑开了你的扣扣,但没有密码。

其实我根本不知道你的密码。那时候我们有飞信、扣扣、手机、博客、人人等各种联系方式,可我却无比坚信我一定在你心中最重要的位置,所以从来不会动它们一分一毫。

我只是想证明给娘娘看你的真心,我们棺材板上钉钉的爱情!然后用了一个小木马破了你的十九位数密码,结果那串数字既不是你我的生日,也不是我们的纪念日,我完全不知道它们背后的意义。

娘娘得意地打开你的扣扣一个个头像地翻阅,在仔细看了资料之后没有发现什么异常又打开了你的邮件。

我正在得意与自豪你对我的虔诚,一个大分组里却突然弹出了一个窗口:"你在干吗呀。"头像是个姑娘。

娘娘没羞没臊地假装男人的口吻给她回了句:"宝贝,在想你啊。"

我笑得上气不接下气差点岔了气,一边打一边骂:"谁让你动人家的扣扣了,偷窥了人家隐私还不算,这让我怎么交代。"

娘娘一脸猥琐地说:"既然是家人,那开个玩笑有什么的。"

还没等我缓过劲来,对方已经回了消息:"才两天不见,这么快又想我啦。"

笑容还没在我的脸上褪去就凝固在那里,那一刻我的心似乎多跳了好几拍,呆呆地望着桌子上的电脑。我想起两天前的周末你回了一趟家。

娘娘一把推开我继续:"是啊,一日不见如隔三秋。"

过了几秒,对方迅速回道:"我也想你。"

娘娘装作你的口吻说:"媳妇,下周我再去找你怎么样。"

对方娇嗔了两句,发来害羞的表情。"你以前不都是叫我老婆的么,怎么这会改叫媳妇了。"

我只是盯着屏幕,脸上的黑藻泥面膜还没有洗掉,两行眼泪已经擦出分割线。你的头像开始在右下角不停地跳跃,大概是想问我进度如何。

娘娘看着我也不敢再笑,我收拾了电脑洗掉脸上的黑泥走下楼去。不知道经过了多久,我终于冷静了下来,拨通了那一串熟悉的电话号码。

"学姐。"你的声音还带一点调侃的笑意,还有酝酿已久的情绪,似乎在等待着我的感激与谢意。

然而我却顿时心头一愣。

"猜我在哪里。"我没有给你想象中的回答,听起来像是另一个话题的开场白。

你也顿了一下,"你怎么了?"也没有给我想要的回答。

"我在操场,彩虹桥旁边这个,坐在我们经常一起聊天的看台上,夜色不错。"满腹的委屈突然瞬间涌了出来,最后两句开始含糊不清。

"喂,你怎么了! 等我! 马上就来。"

五分钟不到,一个身影迅速出现在我面前。

已经快十点半,学生街上的学生陆陆续续回到宿舍,彩虹桥上人来人往。只有操场的看台上特别安静,不远处的枯树旁有一盏昏黄的路灯,你伸出双臂抱住我,我的身体在抖,手机掉落在地上。

我很用力地推开你，捡起手机翻出拍下的聊天记录。然后莫名其妙地放声大哭起来。

你对我一连串的表现很吃惊意外，一脸懵懂，不知道发生了什么事，接过手机翻看那些你留下的爱的证据。

"……！"

"你听我说，不是这样的。"

"不要哭好不好！"

"……"

二十岁的我还没有在社会上跌打滚爬，喜欢上一个人，真的很强烈却又很脆弱。经得起所有狂风大浪的考验，却容不得一点点的背叛。

我好像听见你陆陆续续地在和我解释，柔弱无力的声音飘荡在眼前黑暗的草坪之上，惊醒了刚刚长大的萤火虫，在我眼前一闪一闪，就好像是晨光中你对我的微笑，日暮时你对我的撒娇。

可是，大约是那晚仰恩的风太大，眼泪还没有滑落，脸庞就已经被风吹干，你的话还没有传进我的耳朵，就已经被风吹散。

吹着吹着，我的耳朵边上就开始嗡嗡作响，还没等你反应过来，我就迅速跑回了宿舍。你愣在原地好几秒，没有追上我。宿舍不允许男生进来，我看着你站在宿舍的大门口徘徊了很久很久。

接着，我的手机开始响起来，娘娘的手机开始响起来，晓婷的手机开始响起来。只是宿舍的手机轮番都响了一遍之后，安静得可怕。

几分钟之后，楼下没有了你的身影，我收到一条短信：

"我知道你都知道了。其实她只不过是我的前女友，分手之后她一直来找我，我不忍心让她难过。我保证我马上和她分手，你不要离开我好不好……"

五雷轰顶。

我很难过，但是我知道我一定不会再原谅你。因为那时候对爱情的要求太高，太偏执，完全容忍不了一点点沙子，何况是把沙子揉碎在眼睛里。

可是，如果那年大三，我原谅了你，如今会是如何？

从那以后，我开始试图无视你的电话、短信、扣扣，每天逃课泡图书馆，在宿舍打游戏，时刻把懒字挂在脸上，努力让生活变得舒服。

我以为已经熬过了一个世纪，可看看时间，结果不过是一刻而已。

我熬得很辛苦，幸好没几天最后一门高财考完就是大三的暑假。我心里憋得难受，当天就买了张车票去西藏。

坐着绿皮车五十二个小时看着绿树变成荒漠，终于抵达一个传说中可以净化心灵的圣地，去了之后才发现传说只是传说。

我依然忘不了你，陌生的街道上每个人都是一脸虔诚，熙熙攘攘的人接踵而至，可我却找不到一个说话的人。其实我多想告诉你我过得不好，我很难过，我很想你。

一次次地输入，一遍遍地删掉。

最后连"祝你幸福"都没有勇气发出去。

我在西藏待了整整一个月，你隔着手机屏幕说了无数个以"我以后"为开头的排比句，却没有一句是说要来拉萨看看我的，更别提行动力了。

那一刻，我们的世界就好像隔了千山万水，我怎么会走到了这一步？

我不知道。

我想起来了——

曾经你说，你宁愿把钱花在高新的电子科技产品上，也不会浪费在旅行这种不着边际的事上。你曾经一直在为一家公司做网站，帮着他们做产品，我以为你是想为以后毕业出去创业做积累。突然想起，那就是她父亲的企业，而她就是她父亲唯一的女儿。

我怎么这么傻？

你曾经说过什么？你需要有个人可以在事业上帮助你。我以为你是指我可以和你一起奋斗，却忘了谁愿意放弃少奋斗二十年的机会。

我真的是太天真了。

隔两个星期你就要回家一次，我以为那是你孝顺父母，不愿意他们经常看不到你，却不曾想过她和你是高中同学，在同一个城市。

甚至，我想起来了你那串莫名其妙的密码数字背后的意义……

到底还有多少是我忽略的，没想起来的；到底什么才是你的真面目。

其实我有好多话想问你，那时候的我太年轻，沉浸在自己的悲伤之中难以自拔，还是说，甚至连当初的快乐、坚守、迷恋，都是我自己塑造出来的一种假象而已。

暑假很快就过去了。

大四开始之前，我提前回了学校，因为挂了两门。高财挂了，商英挂了，我开始沉浸在补考的紧张复习之中，比起四级通不过威胁学位证更要命的是，毕业证都快没了。

好像错的人是我，学习成绩差，生活不努力。

我开始很认真地复习，看同学给我的笔记，读晓婷给我画的重点。每天认真上课，泡图书馆，去晚自习。

有时候我真的很想给你发短信，但是忍一忍就过去了。

大四我退了学生会，你也没有继续待下去。好像这场爱情的战争里我输了，你也没有赢。

日子不是似水流年，没有细水长流的源头。那时候的我们在"选修课必逃，必修课选逃"的生活节奏之中，总觉得毕业遥遥无期。当我收起课本和最后一节公选课的老师告别，才意识到我的大学已经完结。

到大学毕业的时候，我的四级还是没有过，但是学校出了新政策，即便没有过，只要四百分以上就能拿到学位证，我很顺利地拿到了学位证。

到大学毕业的时候，你已经不在学校了。我看着我四级成绩单上的423——其实我和四级只差了那么一点点，好像我和你，是不是也只差了这么一点点呢。

我和四级通过差了那么一点点，依然拿到了学位证。可我和你差的那一点点，即便是我耗尽全身力气去奔跑，大概也是无法靠近了。

告白时的那句"我喜欢你"犹然在耳，如今却要分道扬镳。临走前，我捧着你送我的礼物不知道该放进行李箱还是留在宿舍的桌子上。

娘娘走过来一把拿走塞进自己的箱子中。

我们俩对视三秒钟，最后破涕而笑。

我又想起那个夏天，社团活动，我们一群人去海边。你突然站起来，那时候还是少年的模样，有着清澈的眼眸、好听的声音，对着我唱那首《你不懂我的心》。带着一点点凌乱、一点点疯狂、一点点年少，让我猝不及防，所有人冲着我们鼓掌。

如今，无论是好的还是坏的，在别人看起来已经腐朽的或者是不朽的，都勾勒成段，变成了终结。

一切都是风尘仆仆的、倦了的奔走，一把你我都没有钥匙的铿锵心锁。

我再赶时间，
也赶不上你

/

/

Unable to reach you,

even if I am running behind time

　　看着你在人群中远去的背影，我突然反应过来，你再也不是那个我随时可以拥抱的人了。你走了以后我活成了你，也是在这个时候才懂得你。

有些人真的就没再见过

"

在那些没有结局的故事里，

有些人没有说再见，

也真的没有再见过。

"

我有个男闺蜜大川，不喝酒，爱喝茶，偶尔抽烟，味道不刺鼻，穿素净的衣服，热爱植物，指尖干净。他比我还要安静，比我自己还要懂得关心自己。

没错，他就是当年我喝醉酒打错告白电话的哥们。托他的福，我当天夜里就失恋了，第二天一早他高兴地跑来说，六米失恋了，让我们共襄盛举。我感动得一把鼻涕一把泪地要去敲诈他一顿。

我只是随口说了想吃什么，他便迅速订好地方点好菜，一到便可以吃。他知道我们一群人的口味，知晓每一个人的喜好。

这种体会，是无论在手机上安装多少个 APP 都实现不了的。我总是说，这辈子到底是哪个姑娘会有这样好的运气，能碰见像大川一样治愈系的暖男。

可是，大川说，无论多么幸运，他再也不会遇见梁音了。

其实，大川并不是天生的暖男。刚认识他那会，他绝对是个人才，用六个字来概括就是——性别男，爱好女。所以大川在爱情里，基本算得上浑。欠下的情债罄竹难书，女友可以涵盖上下二十年，纵横几千里。总之，不是在战前进攻，就是在战后撤退，简直是用生命在撩妹。

可就是这样一个资深花花公子，在大四的时候，认认真真地谈了一场恋爱，奔着结婚去的。对方叫梁音，声音特别好听。

大四那年，大川家里出了事，听说他老爹的公司涉嫌商业欺诈，资产全部被冻结，老爹气得进了医院，公司和老爷子的情况都是生死一线。

大川一知道情况连假都没请就跑了回去收拾残局。说实话，一个才刚刚上大四的花花公子懂个什么，除了每天陪上门要债的叔叔伯伯喝酒，就是陪每天上门催欠款的企业主喝酒，硬是喝出了急性肠胃炎进了医院。

梁音是我们几个里最温柔善良的，总是什么都说好，没自己的主意。大川走后她默默地帮大川告了假，和所有的任课老师说明情况。大川惊呼，有这样的哥们真是他八辈子修来的福气。

他的福气远不止这些，大川进医院的当天，梁音跟谁都没商量，一声不吭就跑了过去照顾大川，包揽了所有洗衣做饭照顾琐事。她帮大川付了所有的医药费，实在没钱了向我们求助，我们才知道这事。那时候我们手里都还没有多少钱，但硬是凑了几万块给他们渡过难关。

花花公子大川抱着梁音的鸡汤哭成了一只狗，发誓这辈子有他一口肉吃就一定有梁音一碗肉。

大概是老天眷顾梁音，后来被证实这一切都是对手的陷害，还了大川老爹的清白，也解冻了资产。瞬间，大川又是那个衣食无忧的富二代，可是有了一个新的身份——梁音的男朋友。

后来回到学校，两人牵手出现在我们面前的时候，我们都一点也不意外，只是我们谁也没有看好他们。毕竟，大川曾经那个不学无术的富二代形象在我们心里太根深蒂固了，他就像一只狼，会把梁音啃得连骨头都不剩的。

可是，就这样一个花花公子，第一次带女朋友去见了所有朋友，见了父母，将恋情告知了全天下。终于，我们感觉大川这次真是认真在谈恋爱，特别认真，奔着结婚去的，对方是梁音，我们都为他感到高兴。

可是，不知道这样的日子到底过了多久，大川那些轻佻的习惯又全部都回来了。像《北京爱情故事》里那种富二代花花公子程峰为了一个女人从此改邪归正清心寡欲，从此世界上只有一个她的桥段，纯属扯淡！

那一次是被我们撞个正着。我们一群人去唱K，梁音死活都要叫上大川，于是坚持不懈地打电话，从海鲜馆一直打到好乐迪，但电话那头一直都是无人接听。可是，就在好乐迪的过道上，我们撞见了搭着大长腿妹子的大川。

大川站着一动都不敢动，手从长腿妹子的肩上滑过腰间落回到自己的腿上。梁音脸上的笑容迟迟不肯褪去，那天晚上从《一生有你》唱到《一千零一个愿望》。梁音的声音真好听啊，每一首都是余音绕梁，急得大川六神无主，不停电话狂轰滥炸，求我们支招。

大川向我们保证，这绝对是最后一次了。

大川向我们保证，他是真的很喜欢梁音。

大川向我们保证，他是要和梁音结婚啊。

我们几人面面相觑，一句话都不敢多说，大川继续急得像热锅里的蚂蚁。

最后梁音回到家，大川连命都豁出去了，一定要求她的原谅。

可是，梁音只字未提。一切就好像什么都没有发生过一样。

大川感动了好一阵子，连发几百个毒誓，这辈子绝对不再做对不起梁音的事情了。

大川发过的毒誓我们都还没有忘，他却又狗改不了吃屎了。

哥们说去酒吧，他就去。哥们一时兴起要去看雪，他连夜就坐火车从南方到最北方消失一整夜。刚开始大川偶尔还会紧张，可是后来，发现梁音总是一次一次地原谅，也便没有那么害怕和紧张了。

我们都不知道，梁音的底线在哪里。

直到那一次，梁音打电话来说出事了，我们以为真的出事了。

正赶上毕业季，大家都各自告别各自回家。大川对梁音说要回学校看看，约了几个哥们一块，那天便坐上了去福州的动车。

我们看了新闻才知道真的出事了，温州两列动车追尾，具体什么情况一点都不知道。大家一起安慰梁音，哪有那么巧，偏偏赶上了那节车厢；哪有那么巧，联系不上肯定是通讯出了问题；哪有那么巧，出事的就是他。

梁音死活不肯，当天晚上就冲到了事故现场，我们拖着她，不让她冲进去挖泥巴。我们几个人陪着梁音在现场从天黑守到天明，后来通讯都恢复了，我们还是没有接到大川的电话，梁音就一个接一个地给他打，从带着希望打到了绝望又感觉还有希望。

直到第二天下午，梁音接到了大川的电话。大概那时候他根本没有看新闻，兴致勃勃地和梁音报平安。他说，已经到福州了，昨儿几个哥们见面太高兴喝多了，手机没电都没注意到。

梁音听着电话那头大川生龙活虎的声音重重地松了一口气，可是突然一愣，又轻轻地叹了一口气。挂了电话，她默默地说了句，虚惊一场，没事就好。

那以后，梁音好像就突然退出了我们的圈子，走之前留下了所有大川送给她的东西。她笑嘻嘻地说要大川好好生活下去。

走出门的时候，她轻轻地唱着李宗盛的那首《爱的代价》。："也许我偶尔还是会想他 / 偶尔难免会惦记着他 / 就当他是个老朋友啊 / 也让我心疼 / 也让我牵挂 / 只是我心中不再有火花 / 让往事都随风去吧……"

那声音还是一样好听。

那一瞬间我特别伤感。

我和大川说梁音走了。他愣愣地站着，我不知道那时候他在想什么，还是根本没在想什么。

这个世界上，有人多冰冷，就有人多温暖。

这些年，大川一直清爽地单身着。只是自从梁音走后，他就好像突然变了一个人，美好得简直不像存在于这个现实世界中的男人一样，体贴入微，给人无尽的安全感。可是爱情呢，就好像成了一堆永远无序的乱码，没有人再走进他的心里。

他还在等她吗？后来一起吃饭，大川说：我知道这辈子已经等不到她了。

是的，等不到了。梁音来的时候就没想过要走，可是走了，就真的没有想过要再回来。

梁音会遇到更好的人吗？当然。只是，不会那样轰轰烈烈地席卷而起，满目疮痍之中再也不会开出繁华。

大川还会遇到更好的人吗？会有的。只是，再也不会有她了。所有人都在爱情里磕磕碰碰地成长，那些缘分际遇，那些被挥霍了的心意从来不等人。

好像，真的错过了什么。

喜欢上一个人

都说人生要经历四个阶段：

喜欢上 / 一个人；

喜欢 / 上 / 一个人；

喜欢 / 上一个 / 人；

喜欢上 / 一个 / 人。

如果翻译成英文就是：

like someone；

like to fuck someone；

like the last one；

like to be alone。

1. 喜欢上 / 一个人

我特别怀念以前心里装着个人过日子。

那时候,我的心情就是他一手谱写的,一会儿上天一会儿下地,一会儿登峰造极一会儿狗带懵逼。

如果他主动来找我,那种快乐就会放大好几倍,即便是在下副本打终极boss,也会立马丢掉电脑滚去回消息。

他心情不好的时候,我马上变成段子手逗他开心。

他失落难过的时候,又立马升级成知心姐姐帮他排忧解难。

想套近乎的时候,还会一秒钟变白痴:"能不能来帮我修一下电脑,word又变成安全模式了。"

那时候我所有无聊的问候、死命的装傻、矫情的卖萌,完全都是因为喜欢他啊。

甚至每天的生活都变得很简单。

什么,联合国防恐大会在华盛顿召开?关我毛事。

什么,他明天要出差去北京?我得赶紧看看明天北京的天气,查查雾霾重不重。

喜欢一个人,就是这个世界上所有大事都不及他一点点小事来得重要。

想来这样的时光真好啊,快乐难过的动机都很简单,笑点哭点都变得异常。然而这样的时光总是匆匆流逝,隔着一层窗户纸的美丽,最终总有捅破天窗的那一天。

2. 喜欢 / 上 / 一个人

很多时候,我们都会把自己的欲望小心翼翼地藏起来。

比方说,喜欢一个人又怕求而不得,所以埋藏心底很多年;特别爱钱又怕别人说利欲熏心,不得不表现出一副视金钱如粪土的样子;想上位却又担心被人说欲壑难填,假装成一副风轻云淡毫无心机的样子。

甚至和最爱的人在一起,纵使内心有再大的欲望,也不得不隐藏起来,表现得淡定自若,一副修行得道的样子。

可是,爱上一个人,有什么好隐瞒的呢。

我们终究会爱上一个人和被一个人爱上,那个人会让彼此放下所有的防备和伪装,那个人会让你从一个纯情小绵羊变成放荡大灰狼。

喜欢上一个人,不过就是想夜夜拥你入怀,日日闻着阳光起床。

3. 喜欢 / 上一个 / 人

我们都希望活在一个牵了手就到白头的时候,然而这却是一个上了床还是会分手的时代。

我希望自己的爱情像小说里那样,凭主观臆想就能塑造一个完美的结局。可很多时候,我特么还没有写到高潮,故事就翻篇了。

然后我喜欢的那个人,突然就变成了上一个人。

当我还在看电影的时候等着对方拿一罐爆米花来,然后撒个娇说,你怎么让人等那么久,转过身看看不过是别人的笑声。

走在大街上突然下雨了,身边不会再有人从背包里掏出一把伞帮我撑起一片晴天。

发现一个特别好笑的段子的时候突然慌了,竟然这么有趣也没有人可以分享。你不在了,我要和谁去分享。

你已经走了,可我还深深地留在那一段醉人的回忆里。喜欢上一个人,如果没有失去你,我真的不知道原来你如此的重要。

人来人往,你好难忘!

4. 喜欢上 / 一个 / 人

时间一长,我好像突然就喜欢上了一个人,只是自己和自己在一起,就很高兴。

一个人吃饭,不用迁就别人的饮食习惯。

一个人走路,不用再跟上别人的节奏。

一个人看电影,再没有人来打断我走进电影里。

一个人逛街旅行看书写字种花上班修电脑搬家都挺好的。

当爱情占领生命的高地,梦想就会变得微不足道。所有的思想都花在了他爱不爱我,他在干什么,和他一起做什么才会开心。

如今梦想霸占了这座新房,我觉得天下都是我的。

节省出来的很多时间用来提升自己,富足的时间让我可以看书写字,去做一些我想做的事情。

除了男人,追我的还有时间、金钱和梦想。

生活和爱情是不一样的,爱情是单向的,生活是双向的。爱情不会因为你付出了多少而得到等量的回报,而生活确是一件很幸运的事,会在不经意之间给你带来许多小意外,让你相信这个世界和人性都是美好的。

自己还有那么多事要做,害怕自己变得太慢了,配不上现在所拥有的事物。所以才会更加发奋去努力,让内心慢慢地变得丰富,坚定,有力量。

他们说世上最高明的骗子，总是说实话

"

天知道，

你喜欢着的人是真的喜欢你，

还是足够聪明，

装作你喜欢的样子。

"

有人说，我开车来接你。你就以为他有一辆车。

有人说，我现在好冷啊。你就以为她需要你给个拥抱。

有人说，你是我最重要的人。你就想当然地以为他爱你。

很可惜，很多时候这都只是个错觉。

之前我从来都不知道，原来这些话都是有魔力的，可以让人进入一种自我
假定状态之中。

换句话说，我们都会对一些先入为主的东西深信不疑。这些事无须逻辑辩证，不用事实真相，无须深思熟虑，信息一入大脑就会自动完成，通顺流畅。

人大概很多时候都是被自己的潜意识玩弄的。

的确。

前几日，我一朋友大磊找我聊天，说他失恋了。他喜欢一个空姐好多年了，是在飞机上认识的。

那次他飞美国出差，没下飞机就把护照丢了，急得团团转。空姐知道后，赶忙帮他联系，不到半小时就把护照给找着了。

一块巨石落地的大磊抬头看见眼前的这位空姐气质非凡，皮肤白皙，一抹红唇，没有特别浓妆艳抹，却显得眼睛挑逗力十足。

为了感谢这位空姐，大磊留了她的电话，回国之后又请她吃饭。

那以后，大磊很难再忘记这张脸了，因为实在太有魅力。时间一久，大磊就一头扎进爱情的不归路上了。

这个傻逼甚至一有空就飞过大半个地球去搭讪，为的就是能在飞机上邂逅空姐，多相处一点时间。

空姐小妹不知道是天生脾气好，性格柔，还是工作原因练就了一副完美无瑕的好性子。大磊说，和她相处起来堪称愉悦，她说的每一句话都能让大磊感觉很舒服。

只不过，空姐的性格好像总是温温的，大磊还以为她就是这样的人，也没在意。

相处了很长一段时间之后，大磊表白："妹子，哥喜欢你很久了。"

空姐没啥表示，很从容地说了一声"谢谢"之后就没有然后了。

大磊整个人蒙在鼓里，最后决心再约一次空姐。对方竟然一口就答应了。大磊很高兴，原来自己是多想了，对方早就已经答应自己了，瞬间觉得自己成功晋级成为空姐的准男友！

两个人就这样处着，没事大磊就约空姐吃饭、看电影、逛街，没事的时候就聊聊天。因为空姐飞的是美国，所以隔些天才能回来一次，有时候累，见不着面也不在意。

可是几个月后，空姐竟然有了男朋友。

大磊整个人的脸色跟吃了屎一样难看。

在他心里，早就默认了和空姐在一块，最后却发现这一切全都是自己一厢情愿而已。

怎么说呢，空姐答应和大磊看电影，这是真话。但是眉目之间，大磊就以为空姐是答应了他的约会。

空姐没有骗他，她真的只是答应和大磊看电影而已，并没有答应和大磊在一起啊。所有的一切，都只不过是他身陷在自我定义里。

她说过的话里，十句有九句都是真的，而最重要的那一句她虽然没有说出口，却早已经深入大磊的潜意识里。由于前面的铺垫，习惯性地就相信了这是真话。

其实，世界上最高明的骗子没有把柄，讲的都是真话。

只是你自己的心，跟着他的思路就走了。

他为你所有的胡思乱想都铺好了路，余下的都是你自己要走的，和他没有关系。

还有一次，朋友买了一条裙子问我意见。我明明觉得显得很胖却又不好意思说,只好摆出一张笑脸,说,这颜色挺适合你。

其实我根本没有说这条裙子她穿起来好看,然而对方却认定了她穿起来很美。

平时不联系的朋友突然找上门,帮我写个活动策划呗,帮我整个方案呗。我实在分身乏术无能为力,却不忍心直接拒绝,只好婉拒,等我有时间了再帮你看看吧。

我也知道多数就没了下文,然而却不知道对方一直在急切地等待。

我们会避免去直面回答一些否定的问题。

看似很高明地回避了尴尬的问题本身,熟练地运用了语言的技巧,却浑然不知在潜移默化之中,让对方进入了某种自我设定之中。

说出了实话的人,万一不小心没有处理好文字表达方式,就会让人讨厌。以至于我们都有一种错觉,认为人和人之间的交流,对于不好的那部分,必须要隐瞒和欺骗才可以长久。

一部分谎言是因为善意才如此,还有一部分是因为实在说不出口。

可是,即使真相并不令人愉快,也一定要做到诚实。

你明明知道你有朋友在饿着肚子,却偏偏还要恭维他是个可以不食人间烟火的神仙,是条宁可饿死也不求人的硬汉。

这样会不会太累了。

如果你不喜欢一个人,一定要立马告诉他。

虽然结果看似很残忍。

但是更多的时候,我们都更加愿意生活在一个真实的世界里啊。

我只敢借着今天和你说句话

"

所有的玩笑都有认真的成分。

其实人只有在非常害怕失去一样东西的时候才说谎。

"

有人说,如果连愚人节都没人和你表白,那你就真的是没人喜欢了。听起来好难过,真的没有人对我表白。

然而,那些被表白的人过得真的好吗?

我一朋友决定愚人节那天给喜欢的女生发"我爱你"表白,心里那个紧张的劲儿感觉整个手都要发凉了,握在手中的手机屏幕都在颤抖,闭着眼睛打开对话框输入"我爱你"就发了过去。

不承想,睁眼一看,界面上掉下来一堆的黑色石化微笑脸,郑重其事的表白就这样被埋进一堆乌压压的黑头土脸里。

女生一看迅速回了几个字："愚人节快乐。"

然后，在他所坚持的浩瀚里，大概是没有星辰了。

我的小学妹，就借着愚人节表露了心迹。

当然，她没有直接在对话框里输入"我爱你"这么直接，很庆幸躲过了微信黑脸的调侃。男神和她刚好是在同一个城市，只是一南一北，平时有一句没一句地聊着，因为是老乡，所以也偶尔聚个餐。她就给男神发了条信息，说，今晚我去看你吧。

过了几分钟，对方回了一句："你自己看着办吧。"

好像结果比前一个也好不了多少。

我们都以为愚人节最惨的就是被骗的人。其实谁愿意无缘无故来骗你啊，还愿意为你设计一个精美的骗局，忐忑不安地用所有的热忱去等一个回应的，想必也是很在乎你们这段关系了。可是最后换来的是，对方丝毫不在意，大概死的心都有了。

那些骗人的人，你们都还好吗？

我曾经实习的地方，有一个女同事，有个男同事追了她好几个月。

他使尽了手段，但凡电影里的表白桥段都已经用过了，更重要的是人好得没话说，对那女同事也是好。然而，那女生的态度依然是不温不火，一点希望的苗头都没有。我们看着都觉得没戏，纷纷劝那男的放手。

不知道过了多久，男生有了新女朋友。两个人出双入对，那女同事突然就爆发了，向我们抱怨，前两天还说喜欢我，怎么现在就和别人在一起了，说得好像是被辜负、被抛弃了一样。

我们都很纳闷，明明是你自己不喜欢人家的啊。

那时候她才说，不是啊，我也很喜欢他啊。难道你们看不出来吗。

我们面面相觑，你不说出来我们怎么知道啊。

Fool me，也不要忘了把话说出来。

整个爱情里的我们都像在过情人节，惊喜与意外接踵而来，微笑痛苦，嬉笑怒骂，各种情绪交杂酝酿着。

有时候，我们只敢借着节日和某个人说上几句话。有时候，我们也只敢借着愚人节说出真心话，比如，我真的很喜欢你，比如，嫁给我好吗，比如，我很快就会回来的。

世上没有所谓的玩笑，所有的玩笑都有认真的成分，那些天天给你朋友圈点赞、评论的人，大概是真的把你当朋友。所以，曾经在愚人节说过爱你的人，大概也是真的喜欢你吧。

回头已无岸，往事不可忆

我："叶子，你现在还相信爱情吗？"

叶子鄙视地说："傻逼才相信。"

然后一转身，她就变成了一个傻逼。

我很少喝醉。

这些年喝酒，一直坚持三个原则：喝醉之后不能称兄道弟，不吹牛皮，不跟前任联系。可是叶子说，能做到这三点，你这酒也是白喝了。

是的，这辈子叶子喝醉过两次，这三件事她都做到了。一次是在大学毕业那天，还有一次是在她自己的婚礼上。

2011年的夏天，天气寒冷。这是我们人生中最难忘的一个夏天。因为啊，我在那个晚上，失去了我最怀念的学生时代。叶子则在那个晚上，失去了信奉了一整个青春的爱情。

那天早上，他俩在机场分道扬镳。

叶子扯着他的衣服不让他走，大概是因为过去太美好，所以舍不得。

他站在那儿，冲我们笑，但还是走了。

那天深夜，我躺在仰大塑胶跑道边的看台上，星夜阑珊，手边全是啤酒。在没有人能看到的地方，在没有人能看到的时间，哭得稀里哗啦。

时间没有停住，叶子的眼泪也没有停住。

叶子借着酒劲打开通讯录，看着里面那一串熟悉的数字和名字，犹豫了很久拨通那串电话号码：

"我们会一直在一起吗?"

"会。"

"我们会结婚吗?"

"会。"

"我们会有小孩吗?"

"会。"

"我们到老的时候还会这样手牵着手相互拥抱吗?"

"会。"

他们放屁。说这话的时候，男朋友已变成前任，飞去了太平洋的另一边。

叶子问我，你知道那时候在飞机场他心里面的感觉是什么吗。

我想了想，说："是难过吧。"

她摇一摇头，说："不，是他无论心里有多少不舍与难过，走进闸机口的那一刻，即使泪流满面也不会回头。"

其实她心里比谁都清楚。很多东西就像毕业一样，只能往前走，是不能回头的。原来那些要走的人，即便改签、延误，还是会走，拦也拦不住。

可能是缘分到了，上天就收回去了。

为了那颗曾渴望逃离的心，我们喝酒。

为了摆上酒桌狂浪的梦想，我们喝酒。

为了在现实里吹尽的牛皮，我们喝酒。

为了跌进青春背后的悬崖，我们喝酒。

为豪赌后一败涂地的爱情，我们喝酒。

他走的第三年，我收到叶子的请帖。结婚请帖。新郎不是他。

我们一群人都去了，叶子很高兴，哭成狗。她站在主席台上致辞："生命的缺失，总会以另一种方式得到补偿。当你牵着我的手，从此成为我生命里最重要的一个人，从此你就是我不可缺失的另一半。我爱你，你给予我的，将成为一生的殊荣与光环。"

誓言感动着在场的每一个人。

可是她撒谎。就在出嫁前一天晚上，我俩躺在床上，她说：

"从前的我总是想，如果有一天我结婚了，你一定要当我的伴郎。

"因为，我们总算踏上了红毯。

"后来啊我又想，来参加我的婚礼吧！来砸我的场子吧！来抢我吧！

"因为，我一定会跟你走的。

"最后我又想，你还是别来我的婚礼了。因为我怕在婚礼上看见你，可你什么都没做。"

那个晚上她喝了很多酒，醉成狗，抓起手机就拨出那串熟悉的电话号码。只不过这一次电话那头已经是："对不起，您拨打的电话是空号。"

爱过才知酒浓,醉过方知情重。回头无岸,往事不可忆。

有些人,或许最后只有喝了酒之后才会淹没所有的情绪。

而所有的情绪也只够去换一个尘埃落定的微笑。

如果有一天,

你找不到我了。

你会不会想,

那个曾爱我到死去活来的人,

怎么不见了?

爱过的人越多,我越爱狗

"

你有没有为一个人放肆哭过,

哭到声嘶力竭抽完一整盒抽纸也不够。

你有没有为一个人疯狂喝过,

喝到酒保都抬不动躺在大街上不省人事。

你有没有为一个人奋力奔跑过,

横跨千山万水只为见一面。

"

我有过。

那些年我曾疯狂地喜欢过一个人,以至于现在每次回忆起当时的自己,都会分不清是电影的高潮还是现实的狗血。

虽然其中的剧情很多已经记不清了,但现在想来仍然觉得不容易。

每一次奔赴着见面脚上都像踩了风火轮，看着对方的脸就指望着这一刻能成为永恒。甚至连生病的时候只要对方一个招呼，就可以主动飞到他身边。

那时候最大的愿望就是能嫁给他，在爱情里活生生就沦为一只摇尾乞怜的狗。

没错，他就是我在《没爱过几个人渣，哪能随便穿上婚纱》里写过的那个我大吼这辈子非他不嫁的男生。遇到他之前，我不知道自己会这么喜欢他。

他是我学生时代的同学，以前特别爱玩，甚至算不上是好学生，是老师拿来当反面教材的那种。

大学毕业后，他因为家里出了一些变故，开始转性。好像瞬间变了一个人，从不谙世事、玩世不恭的小混混变成了发愤图强要建功立业的追梦少年。

世界上的事情就是这么峰回路转，当一个人努力起来奋力拼搏的时候，他头上就好像是顶着光环一样具有吸引力。

这真的是个男友力十足的男生，会满足当时少女心爆棚的我对所有美好事物的幻想。他曾经给过我很多承诺，说要带我去看海，要带我去坐全世界最大的摩天轮，甚至他规划未来的时候都会加上一个我。

我想我是这样的幸运，围绕他的女生那么多，而我就是那个例外。真的以为他会陪我到老，不忍心把我丢掉。

结果，我还是错了，错把我自己对爱情的忠诚当作对方不弃的理由。大概人都不是圣人，他口说的努力还没有过去多久，一切又开始回归到原来的状态，他还是无法撇干净身边的莺莺燕燕。

那时候的自己和狗差不多的，除了忠诚，还有情商。认定了一个人就是那个人，死死抓着不放手，乞求他给我他口中所说的爱情。

最后逼得对方消失在自己的世界里。这一消失真的是够彻底的，从此杳无音讯。我行走在人群之中，哪怕是看到一个熟悉的背影，都会回头好几次，追赶好几条街。

你知不知道那种想念，就像喝了一杯冰冷的水，然后用很长的时间，熬成热泪。

在爱情大过天的年岁里，真的为那个人放肆地哭过，为那个人疯狂地喝酒过，为那个人浪迹天涯过。只是在这些狗血的剧情里，我慢慢看清了自己，也看清了别人。

人不是狗，忠诚不是固有的特征。人心总是说变就变，前一天还是你的，后一天转手又会交给别人。爱情不过就是看清一个人，明白一些道理的过程。

之后，在感情路上也遇到过三两人，对方不是看中别的姑娘贤惠或者其他原因劈腿了，就是感情淡了，走着走着就散了。

在之后一段时间里我一直单身，因为害怕失去，也不想再经历那种从熟悉到陌生的感觉。

每个人都有孤独如狗的时候，每个人都有情绪决堤的时候，每个人都会有撕扯完最后一丝力气沉沉睡去的时候。时间冲淡了记性，爱着爱着，真的就没那么爱了。我不知道是对某一个人的感情淡了，还是爱本身不再那么重要了。

后来，我养了一只狗。

是咖啡色的贵宾，取了一个土到爆的名字，旺财。它很懒，从来不愿给你当脚搭子，也不会帮你接飞盘。但是，它仿佛什么都听得懂，大眼睛看着，看一个不会说话的人。我一码字它就蹲在我身边，我一睡觉它就蹿上床，结果给我一脚踹下去,最后它就乖乖睡在床底下。

　　冬天的时候,我给它穿上了红色小棉袄,带它在雪地里奔跑,幸福得就像那年夏天一样;夏天的时候,我给它剔掉了全身的狗毛,活脱脱的一个二流子,我带它在草地上奔跑,幸福得就像那年冬天一样。

　　不知不觉我们就一起走过了好几个春秋冬夏。

　　原来狗和人是不一样的,它跟了我,就会认定我,认定要陪我走一辈子,它会用一生来对我不离不弃。

　　而我们,一生可能会遇到很多个爱人,他们陪着走上一段路程,之后又换下一个人来接手。真的,人都是带着故事,走进下一个人的故事里。

　　有的时候想想,真的是人不如狗。

　　如果你没有准备好养一只狗,给它一个家,就不要去养狗。它和人不一样,人们总是闭口不谈"忠贞"二字,只享受爱带来的欢愉。而狗,则是用毕生的爱来诠释对你的忠贞。

　　带我回家吧。
　　我不想四处流浪,
　　也不想深夜买醉。
　　不想喝陌生人给的酒,
　　也不想牵别人的手。

多年以后,你成了我最好的下酒菜

其实我一点都不喜欢过节,可是越活发现节日越多。光是情人节,一年之中就有十二个。据说全年的节日有一百零三个,听起来就像是我在危言耸听。

本来可以平静度过一整天,商家又贴出"永不褪色的承诺""将爱情进行到底"这类的大字报来,激发你的购买欲。说实话,其实这并没有勾起我的购买欲。倒是回忆里的人,却完完整整地被牵扯了出来。

一点都不用自个费劲,身边时时刻刻会有人来提醒你。节日好像突然成了一种思想绑架,然而我们还不能抗拒。

错过了情人节,没关系,今天又是白色情人节了。错过了爱情,没关系,会再来的,只是主角不是同一个而已。反正人生就是靠爱情的片段拼凑起来的嘛。

莎士比亚说:"失而复得的爱情会更让人珍惜。"

说得真是好有道理啊,是要我们都去见前任的节奏啊。

我看过一个视频,是六对曾经的情侣,被安排突然与前任相遇。摘下眼罩,昔日的情人逐渐清晰。有人红了眼,欲哭又笑;有人黑了脸,甩下一个巴掌头也不回地走掉。

我看见他们眼里汹涌难掩的情感，对视的那短短几秒钟，就像过了一个世纪那样漫长。

就这样猝不及防毫无准备地见了旧情人。其实我们心里都清楚，不管是哭是笑是恨是闹，反正都是回不去从前了。

曾经喜欢过的人，因为没有一起走下去，所以不甘与怨恨，都会被锁进青春的大门里。

而今，我们看着彼此的时候就好像是站在门外，看着大门里的甜蜜和忧伤。

青春的小鸟一去不回头，我们都不是过去的我们了，又何必再相见呢，何必去看他们被生活改得面目全非的样子，何必去看他们变成油腻市侩的中年人，何必去看他们失去年少模样后的老气。

那些无所畏惧的日子里，你曾是我的软肋，多么害怕失去你。

那些心惊胆战的日子里，你曾是我的铠甲，使我敢和全世界为敌。

在所有想念的人里，我不想见你。

其实对于前任这件事情吧，最失望透顶的莫过于：前任找到新欢，现任投身旧爱，为一个人付出再多也不爱你。

但凡事都是会出现转机的。如果前任的新欢是个比你丑、比你穷的人，如果现任的旧爱是个比你丑、比你穷的人，再或者为一个人付出很多但他给你一大笔钱，事情就会变得不一样了。

再打个比方吧：假如失去一个郭德纲换宋仲基来接手，别说是分手就是丧偶都不带难过的。

所以说，前任才不是那道过不去的坎，放下以后你一定会后悔难过很久。

十年以后你再回头看看，那也只不过是下酒时候的一碟花生米。

我终于路过你的微笑

在看过我写的很多别人的故事之后，闺蜜娘娘不依不饶，说为啥不写写你自己的故事。我翻了翻空间，其实也写过一些，但怎么都写不好，后来索性就不写了。

娘娘看着我嘚瑟地笑："你这货不肯写自己的故事，肯定是还不能忘吧。"我用一个足以杀死人的目光让她闭嘴。

我想了想，今天认真坐下来，把这段本打算烂在心里的故事写下来。如果写得不好，也请不要介意，因为这毕竟是在写自己的故事，就像自己掏开自己心脏里尘封已久的结石。掏得好，大病痊愈；掏不好，性命垂危。

最后，相信我，我是在一辆慢慢悠悠的绿皮车上完成这篇文章的，就好像那年，我坐了十八个小时的绿皮车去奔赴一场相见一样。

说起来，有时候觉得这场爱情像连接我们距离的绿皮车一样，开得慢慢悠悠、无力无气；有时候又觉得与他的名字一样，是我生命里刮过的一场大风，刮过之后留下一片狼藉。

故事的开始，要从一场婚礼说起。大学毕业之后十个朋友有八个都结了婚，多数天南地北没有时间去，偏偏那一场，我赶上了。其实没有偏偏，那是我舍友，只要我没躺医院或者被领导绑架，我都会去。

既然去了，就肯定会遇到。大风不是别人，正是那舍友的弟弟。

别乱想，不是姐弟恋。我打小就比别人念书早，再加上舍友又参加过高复。哦，对了，我舍友和她现在的另一半就是高复的时候认识的，大学异地四年，毕业后工作异地三年，终于度过了七年之痒步入婚姻的殿堂……

对不起，我又偏题了。言归正传，就在那场婚礼上，我遇见了大风。

大风很帅，是你看了一眼之后，就绝对不会想起他长什么样的男生。至于为什么会在一起，我已经记不清了。只是觉得世上有那么多人，两个人咣当撞在一起就能对上眼，那得是多大的机缘啊。

一南一北，一开始就注定是异地。好在那个夏天，我有一部微电影在北京拍摄，而大风也刚好在北漂。于是，即使天南地北也时常能够相聚。

异地恋最痛苦的无非是想见不能见，需要他的时候不在身边；异地恋最大的好处，不过是避免了情侣之间许许多多的小摩擦，就像手机里养了一只宠物一样美好。

其实那时候我已经过了相信真爱无敌的年纪，却偏偏不肯服输，被洗脑过一般地相信异地本质上不会影响爱情。在信息如此高速运转的社会，高铁全面铺开的社会，哪里有跨不过去的千山万水。

却也依然相信，异地本质上并不会影响爱情，在这样高速运转的社会，高铁时代全面铺开，根本没有什么跨不过去的千山万水可言。

更重要的是，闺蜜悠悠和陈辰的异地恋正以终于过上幸福生活为结局完美收官，给我打了一剂猛烈的强心针，也让我心中对异地恋充满了希望。

悠悠说过，异地就是那些一个人独处孤立无援的时光，你得熬。最后，我们之间最大的区别就是我没有熬过来。

　　悠悠结婚那天,我写了个故事送给他们当结婚礼物。顺便把故事发给大风看,以示鼓励。大风认认真真看完说:"要不你也写写我俩的故事吧。"

　　我说:"不写,我只写尘埃落定或者画上句号的故事。"

　　今天,我竟然真的坐这里准备写下关于这个人的所有,真是喜闻乐见啊。

　　不过,老实说,现在如果不是娘娘提醒我写这篇文章,我真的不会经常想起你了。

　　我这么写的时候,以为自己会很难过,可是并没有。甚至最后我翻遍所有,发现能拿出来当作彼此曾在一起的证据都少得可怜。只是一分手你就屏蔽了我所有的朋友圈和微博,好像生怕我知道什么似的。

　　当然,你不是第一个离开我生命的男人,我也不是第一个消失在你生活里的女人。所以真的没什么大不了的,我们总会习惯生命里的一些分道扬镳和曲终人散。相遇过,总会教会你一些东西,即便是放弃或者舍得。

　　我特别清楚地记得我们最后一次的聊天。

　　"告诉我你不爱我了。"

　　"我不爱你了。"

　　"祝我幸福。"

　　"祝你幸福。"

　　现在想来,比起说这段逗比的对话,我宁愿去喝一瓶酱油来得痛快。只是那个时候所有的感情正中脑门,热血冲爆每一根血管,说完了就立马恩断义绝,当真是开始的时候快乐有多少,痛苦都是成倍地来。

刚开始异地的时候，我每天会接到无数个来自你的电话。一个放荡不羁的大男人，竟然也会对着电话说上一些矫情的话。

比方说，六米啊，认识你真的是我捡了个大便宜啊。你妹，老娘才不是便宜货。

比方说，六米啊，为什么你从来都不会生气呢。老娘才不和你一般见识。

比方说，六米啊，我想去看看你啊。可是到最后你也没来。

比方说，六米啊，我们最后一定要在一起啊。可是也没有啊。

晕啊，听得我真的是鸡皮疙瘩掉了一地，想不到大男人酸不拉唧的，也会说这么多矫情的话，不过每一句都让人觉得那么好听。你说这辈子就我的那时候啊，我是真的下定决心想要嫁给你过一辈子的啊。

然后我真没想过你那么快就娶了别人。

分开后不久，娘娘来安慰我，说，活该，谁让我当初矫情起来不是人的——

当初和娘娘一块吃饭，我低头玩手机。

当初和娘娘一块逛街，我低头玩手机。

当初和娘娘一块看电影，我低头玩手机。

娘娘一把夺过我手机，我咬死她。

她拗不过我，很长一段时间不愿意理我。

大风一走，她就回来了，带着喜事回来的。大风结婚了。

真是天大的喜事，还是双喜临门。大风不仅结婚，妻子还有了小风。

娘娘和我说了一大堆话，我低头玩手机，手机里面好像还存着一些信息和照片。

娘娘一把夺过我手机，我咬死她。

她拗不过我，很长一段时间都抱着我。

我想到和大风在一起的后来,我的工作逐渐开始变得忙碌。隔三岔五地出差,没日没夜地加班。

大风说,你总是那么忙,看着你一点点地进步,而我一直在原地徘徊,就有很多很多的动力。

我和你说今天要帮腾讯写一篇摄影师的专访,你对我说今天晚上还有酒场;我和你说下着小雨的大理也是我的诗和远方,你对我说明天没啥事蹲家里多睡会觉;我和你说这里天气晴朗山高水长,你对我说今天约了朋友去三里屯那打麻将。

我突然发现,我无论如何也脑补不出你的世界。后来我曾去过你的城市,却发现三里屯的麻将馆已经变成了理发店。

我工作越来越忙,你生活越来越丰满。我忙起来的时候好像会突然忘记了你,你丰满的生活挤占了心里大部分的我。

记得有一天加班到凌晨两点半,独自走在回家的路上,一阵大风吹来冷彻肌肤。我看到相拥的一对情侣从身边擦肩而过,男生细心地帮女生戴好帽子裹在怀里。

我突然有些难过,掏出手机看到了大风的未接电话。我给他打回去,变成了他手机上我的未接电话。

于是,我们手机上的未接电话就这样越来越多。

后来,我们手机上的未接电话又变得越来越少。

就在我以为熬过这段时间就好了的时候,那日手机上多出了很多个未接电话。

我一度以为大风被绑架绑匪打来勒索电话,急急忙忙打回去的时候,你用

平静的语气对我说："我们就这样吧。"语气那么平淡浑厚，就像网络电台上
的主播开始念出一首歌名一样。

　　我愣是半天没反应过来，直到你用同样声调同样语气的声音复述一遍的
时候，我才知道这是一场预谋已久的告白，不，告别。

　　我问大风为什么。
　　他说我们性格不合适
　　我问大风为什么。
　　他说你走得太快我跟不上你。
　　我问大风为什么。
　　他说我需要的是一个勤劳持家的贤妻良母。
　　我问大风为什么。
　　他说我们相隔太远了没有未来。
　　我问大风为什么。
　　他说我心性不定，怕以后辜负了你。
　　我问大风为什么。
　　他说我是那种喝酒又抽烟的男人，不符合你的标准。
　　我问大风为什么。
　　他说我这辈子死性不改了，还是去祸害别人吧。

　　我突然明白过来。在一起的时候是没有为什么的，而有一个人想要分开
了，连隔壁家母猪不能生育都会成为你们在一起跨不过去的坎。他会找出成千
上万个不适合的理由来让你死心。
　　我突然又想起，想送你回家的人，东西南北都顺路；想请你吃饭的人，早午

晚餐都有空；想见你的人，翻山越岭都会赶来。真正爱你的人，刀山火海都会为你去，更何况是戒了抽烟喝酒，断了旧爱新欢。

分手后你好像瞬间就从我世界里消失了，连一句少熬点夜、多喝杯牛奶这样虚情假意的问候也没有留下。我突然又想到我们曾经那么要好过，那时候我们谁都没有把距离当成是问题。

到现在我依然不觉得距离是什么问题，只是它最大的问题是，我们都无法在彼此最需要爱的时候在对方身边。如果你足够勇敢和坚强，那么自然就不会察觉到它的存在。如果任何一方熬不过去，它就会瞬间横在你们中间成为一条熏臭所有美好的臭水沟。

当然，最后我也不知道我到底错过了你生命里的什么情节，以至于你头也不回地要离开。其实这个故事还有很多快乐和悲伤可以续写，只是突然我也并不那么想写了。毕竟结局摆在那里，过程再完美、再饱满也终究是道错题。

好在我们分开的时候是那样的平静与祥和，没有彼此折磨，没有吵得天翻地覆，虽然至今我也无法真诚地祝你幸福，但是该记得的美好依然记得，该忘记的人也在慢慢忘记。

我爱你，你爱我，也有太多的劳燕分飞。
我不爱你，你不爱我，也有不少白头偕老。
我们总爱祝福天下有情人终成眷属，
却不如祝愿终成眷属的都是有情人。

我已经老到不能再失恋一次

"

其实还是要相信爱，

即使春不再暖花也不开。

"

我会听黑胶，喜欢老照片，甚至爱集邮，很多时候却被认为是装逼。我很难过，觉得悲凉。这个社会发展得太快，最包容不下的就是旧物、古屋、老街。

那么旧的人呢？忘得更快吧。

有个大叔曾说要照顾我一辈子。

在很长一段时间里，他用自己的成熟和善良温暖我。

我问他，你会离开我吗？

他说不会。他年长一些，比其他人都经历过更多，比他们要厉害坚强，所以足够面对一切风险，不惧一切困难。

我真的就以为他会陪我很久。

可是，像之前无数个离开我的人一样，最后他也走了。

走的时候说了一声再见，很自然。就像平常的晚安，就像每天的早上好，就像什么事情都没有发生过一样说再见。然后，再也不见。

我知道，这不是他的错，因为我们这辈子遇见的人实在太多了。世界那么大，前方的路阡陌交通，我们一不留神就会走散。我很清楚，要离开的人留不住。我笑笑说，一路幸福，不远送。

如果你们想听，这个故事以后我慢慢写给你们看。只是我知道，这样的故事会越来越少，越来越风轻云淡。

天地那么大，人潮那么汹涌。我真的不知道能不能在每次微笑离场、潇洒转身之后，像什么事情都没有发生过一样，像那个人从来不曾出现过一样。

我一直试图弄清楚什么是爱，但是越来越不懂。

两天前，有一女孩找我聊天，她和男朋友分手了很难过，等了他一年多也不肯回心转意。她说曾经那么相爱的两个人，怎么就分手了呢，真的不甘心。

我下意识地安慰她，什么过去的人不必等，流失的爱回不来。过去的事情就让它过去，有些记忆只适合存放之类的。

后来她说，那是她的初恋，刻骨铭心。

我一问，原来她今年大二，还那样的年轻。在一个错了什么事情都还有时间被原谅、被忘记的年龄。

然后我笑了笑，不再安慰，她需要这样的经历，因为她还活在一个拥有无数次重来机会的年纪。

　　等我们过了那个年纪，无法不计得失地去爱一个人，不能只争朝夕不想未来，不再相信只在乎曾经拥有这种鬼话的时候，我们的故事就不会像电影里面演的那样，对结局有太多的期许，对未来倾注全情。

　　年少的时候，曾经也有过那么个人，在我的青春里出现。我们在喜欢的城市里那家深藏胡同的咖啡店内聊过天，在异地的影院里看过一场爱情片，在大海的沙滩上看过日出日落。

　　可是后来我找不到那条胡同了，也记不清那场电影叫什么名字，更想不起来我们一起看过的日落是哪一天的。我知道不仅仅是这些东西没有了，那些曾经的爱也被带走了。

　　这其中自己也曾无数次地挣扎、质疑。我们只差那么一点点，为什么没有在一起？明明是小事，为什么要放弃？我还在爱着你，你为什么就不爱我了？

　　可是，一路走来，我们被迫接受着这个世界上所有突如其来的失去、洒了的牛奶、遗失的钱包，断掉的友情，还有走散的爱。后来，慢慢地就习惯了。

　　过了那个年纪，好像我们就失去了一些权利。比如放声大哭，比如车票的学生价，甚至失恋。

　　我突然发现，自己已经老到不能再失恋一次。并不是真的因为年迈成熟，而是没有足够的精力和爱再留给失恋后的下一次开始。

　　总有人问我，为什么总是一个人。或许这就是答案，曾经的爱好像就耗尽了一辈子，不敢再踏出那一步，因为我无法再奢求下一个遇到的那个人就会是永远。

我身边的很多人，都匆匆地结婚了。

站在宣誓台上，面带微笑，一脸幸福。

可我却在想，那个时候，你心里会想起谁，会不会有那么几个名字飘过，那么几个场景浮现过。如果不是那一次转身和离开，站在你身边的人或许就不是这一个。

有些东西丢了，可以捡回来。有些东西丢了，就会消失不见。

在我没有准备好你离开的时候，你离开了。

在我没有准备好你的到来的时候，你也不会来。

现在，好像并不是真的走不回那个胡同，那个沙滩，那家电影院。

不是不想，而是不敢。

不是不敢，而是不能。

时间的风景里，
不是只有你

/

/

In the memory of time,

t h e r e   i s   n o t   o n l y   y o u

天还没亮，酒还没醒，猫还没睡，我还没饿。很多年后，慢慢地，就没有那么多感慨和抱怨了。看着讨厌的东西会笑，看着喜欢的东西也会笑。曾经就像是初生牛犊一样疯狂、闯荡，最终还是回归了平静。

我不知道陪伴有多长情，只觉得没你不行

"
嗨。

我们总算相遇了。

"

什么时刻感觉最孤独？

答案五花八门。

有人说是一个人去吃火锅，上个厕所回来发现吃的被收掉了；有人说是一个人去旅行，在火车上得拎着大包小包去上厕所；还有人说，是在奶茶店门口，买一赠一没有人分享。

答案好像都指向了——情感，陪伴。我仿佛透过屏幕看到了无数张怅然若失的脸。

偌大的城市里，谁都会孤独，谁都需要陪伴和保护。在这个机器轰鸣，人人

都步履匆匆的时代，能够停下来，在你身上花时间，愿意陪伴你的人太少了。

　　和易举认识是一个意外。

　　那天电影院里《哆啦A梦伴你同行》上映，我挤在一群三口之家的放映厅里看完了这部电影。故事里的大雄永远都不会长大，哆啦A梦永远都不会离开，神奇的哆啦A梦也就一直是我内心特别想要的东西，只是我的抽屉里至今没有爬出过一只哆啦。

　　在回家的路上，微博里被哆啦A梦霸屏。易举就是这样带着他的哆啦闯进我的手机里的，至于是怎样捕捉到的，大概就是因为他的每一画面里都有一只哆啦的缘故吧。

　　他的哆啦没有口袋，不会顺手就拿出各式各样的道具。没有任意门、竹蜻蜓，没有记忆面包帮他记住不想忘记的故事，没有时光机能让他回到过去。

　　那时候我想都没有想就问："那有什么用啊。"

　　"陪伴。"

　　易举不是大雄，不戴黑框眼镜，一点也不白痴。他是个摄影师，穿行在每一座城市。至少在我看来是这样子。我说要不听他讲讲和哆啦的故事，他说好。

　　可是他真的不擅长讲故事，连一个情节都没有顺起来。

　　于是我就总结成一句，他带着那只哆啦走过二十几个城市，睡过无数客栈、酒店和卧铺车。

　　前两天出差路过长沙，顺手给易举发了个发完位置坐标过去，就把手机丢进了口袋。半个小时之后，走着走着，我身边突然多了个绑着马尾的老男孩。

　　我不确定发生了什么事，还以为自己走错了时空。想理一理混乱的视线却一头撞上木头，除了星星之外，还有一只朦朦胧胧的哆啦。

　　我确定他就是带着哆啦A梦的易举。怎么来的？我确定没有任意门。

　　他笑着说是因为熟悉。他在长沙这座城市八年，除了其中间歇性地去旅行摄影之外，大多数时光都行走在这座城市。每一条街道、每一个路标都有他和哆啦的影子，所以只要随手给一个坐标，他就能找到你。

　　那一天，他和哆啦带着我这个外地客行走在长沙这座城市的街头。和大多数城市一样，这里车水马龙、人来人往、灯光迷离，什么也抓不住。就像他的镜头里的焦距，定格的那一秒总会让人迷茫。他顺手掏出随身带的哆啦，摆在了这个城市的中央，成了他画面的中心。

　　两个人配合默契。不，一人一猫。

　　我突然想起陪伴我走过四年的三脚架，好像这些年来无论到什么地方都要带上它。我去过很多地方，拍过很多照片，大多数都是三脚架的自拍。曾经有人说过要陪我一起走，记录所有的生活，可是后来好像连他自己都忘记了。

　　至今还是没有人能陪我走过所有的山川河海，看每一个日出和日落，我无法想象，这些美好的瞬间如果没有了三脚架，谁来帮我拍照和记录，那会是多么糟糕。

　　当我看着漫画书里的哆啦 A 梦毫无违和感地出现在长沙的星巴克、各种酒店、马路街头，甚至车站、机场的时候，突然明白过来陪伴的意义。

　　十七岁的时候说爱我的男人，已经牵起了别人的手；十三岁时候的玩伴，已经嫁作别人的妻子。都说陪伴是最长情的告白，可是真的走着走着，有些人就慢慢断了联系，有些人就再也没有见过，不管你当初和他（她）的关系有多好，不管你当初有多么爱他（她）。

　　在易举的朋友圈里，哆啦身影无处不在，画面里传递来的是皎洁，灵动，骄傲，温暖，甚至快乐和忧伤。他不得不承认，小哆啦就像他的小情人一样。我问："它会陪你走到什么时候呢?"

他笑笑:"或许是我有女朋友的时候,或许会更久,一直陪我浪迹天涯吧。"

最后我还是没有问易举,为什么是哆啦而不是其他。就像我们自己,很多时候去唱 K、看电影、听演唱会,并不是因为对那件事情的本身有多么热衷,重要的是一起去的人。

可是,许久以后,我们都发现,那些曾经陪伴过自己的人,走着走着就走散了。

我知道哆啦是假的,但陪伴是真的。易举想要的也并不是哆啦的口袋,而是它这样的陪伴。无论何时,它陪着他吃饭,做梦,喝咖啡,听音乐,凝望阳光,一起旅行,玩耍,摄影,过每一个闸机口。

因为我们都知道,只有它,来了就不会走。

都说陪伴是最长情的告白,

我不知道陪伴有多长情,

只知道没你不行。

其实我知道,

我们需要的从来不是很多口袋的哆啦,

而是那个不管开心难过都在身边的陪伴。

不想当厨师的文艺青年不是好工程师

> "
> 青春是一段跌跌撞撞的旅行，
> 拥有着后知后觉的美丽。
> 感谢你给的勇气，
> 让我做回我自己。
> "

鹿先生是个慢性子。打麻将是。

鹿先生是个慢性子。追姑娘是。

鹿先生是个慢性子。开餐馆也是。

两年前，刚认识鹿先生那会，他还是一个高逼格文艺青年，比方说，爱吃，爱睡，爱麻将。用他自己的话来说就是，慢文艺。

关于文艺青年，当时网络上流传着一个版本。第一，没有生活能力，赚不到很多钱；第二，有不切实际的梦想，痴呆而固执；第三，爱好文艺，喜欢音乐、爱好美食等。这几个特征互为因果，因为爱好文艺，所以不会挣钱，因为没有钱，所以更加呆萌。

好吧，鹿先生全中。

其实鹿先生真的是有梦想的，他热爱美食，想开一家属于自己的餐厅。

可是为什么梦想还是梦想？关键词，没钱。

可是为什么梦想一直是梦想？关键词，太懒。

好吧，我承认鹿先生其实并没有你们想象的那么穷，他毕业后就跻身一家中国五百强企业成了一名优秀（landuo）的网络工程师。一人吃饱全家不饿，爱好美食，但只限于吃。

就这样，鹿先生活在了一个半径为五公里的空间里，对远方没有任何期待，因为他觉得梦想已经遥远。他说，感觉那是别人故事里的场景，与他无关。

可是，后来，就在上班下班的路上，世界突然变了。

2013 年的夏天，鹿先生出了一场车祸。当他在冰凉的医院里睁开双眼重新看到阳光和我们的时候，他突然像被打了鸡血，"老子要辞职！"

吓死宝宝了。我们睁开 360 度无死角的双眼也看不清他脑子里进了什么鬼，齐声问他："为什么！"

"老子是个有梦想的少年，生命如此脆弱，我要去实现梦想了。"

我听说过出了车祸就失忆的，还真没听说过出个车祸想起什么来的，更何况这东西还是梦想。

我们以为他只是说说而已，结果他真的辞职了。

没有高薪挖角，没有另谋高就，没有规划预算，就特么离职，是想靠颜值喝西北风吗？真是信了你的邪！果然我们用脑补就把鹿先生回到家后的场景全部 YY 完毕了。

在父母心中，稳定肯定是孩子成长的最好状态。他们最害怕你有不切实际的梦想和不着边际的荒唐行为，最好是老老实实按照社会规则生存，就是最大的福祉。

可是，这一场车祸却真真实实地颠覆了鹿先生所有的价值观。离职的那一天，他觉得天都是蓝的，路都是糊的。但是，终点还是闪着光芒的啊。

鹿先生真的好像变了一个人，难道一场车祸真的让就他脱胎换骨了？

"鹿先生，来打麻将吧！"

"老子要开餐厅。"

"鹿先生，有妹子啊！"

"老子要开餐厅。"

"鹿先生，来一起吃饭。"

"老子要开餐厅。"

我们一直都听着他嚷嚷着要开餐厅，却谁都不看好他。因为他的性子太慢了，打麻将的时候都会比别人慢一拍，怎么会说干就干？

接下来，鹿先生留给我们一片空白。

这以后我们各自忙碌，渐渐失去联系。

直到两个月前鹿先生打电话来说他要结婚了，一个月前又告诉我们他的餐厅要开业了，我们才知道，这次是真的看错他了。我们听到他开了餐厅，真的比听到他当爹还惊讶，毕竟当爹这件事情由不得他的慢性子。

几天后,我们终于见到了他的白鹿餐厅和他的鹿小姐。

鹿先生兴致勃勃地说起了鹿小姐的急性子,就好像是要说他的成功之道一样。

遇见鹿小姐的时候,真的是他人生中最失意的日子啊。

他说,世界上,总有一个人和你刚见面,两个人就互相吸引,莫名觉得是一个整体。这就是你的反向人。

你是慢性子,世界上的那一边一定有一个急性子;你忧郁失落,就会有一个人乐观豁达;还有,你会烧菜,就会有一个人特别特别爱你烧出来的味道。两个人正好在性格方面完全地互补,在爱好方面惺惺相惜,就连见面的第一眼,都是哪哪特别合眼缘。

我不懂这样子叫不叫一见钟情,但是,如果有幸遇上这样的人,一定要在一起啊。

都说从吃饭这件小事里,总是能萌发出许许多多的故事。剧情大概是这样子的:鹿小姐吃了一次之后就觉得被收了胃,哦,不,收了心,对鹿先生做的食物念念不忘。本来正常发展是这样的,既然好吃,鹿小姐就成了常客。

反正相遇就是来得这样措手不及,在你完全没有准备好的情况下,下一次相遇已经悄然而至了。

那年刚好学校百年校庆,鹿先生和鹿小姐都回了学校。

结果在人山人海的大学操场上撞了个满怀。

"这么巧。你是这学校的?"鹿先生说。

"是啊。你也是吗?"

"对。怎么都没有遇见过你?"

"我也是啊,都没见过你。"

那天,鹿先生发现鹿小姐笑起来很好看,嘴角有酒窝,短发,眼角眉梢全部都是惊喜。而鹿小姐真的好像一缕阳光,照进了鹿先生的生活。两人无话不谈,从小学聊到现在,发现两人原来是初中、高中、大学的校友,却从来未曾见过。鹿小姐说,这一定是因为鹿先生太慢性子,连相遇都姗姗来迟。

鹿先生是慢性子,慢到连表白这件事情都是迟了好几个节拍,最后还是鹿小姐憋不住套了鹿先生的话;

鹿先生是慢性子,连节日送礼物这件事情,都拖到了第二天;

鹿先生是慢性子,连开餐厅这件事情都一拖再拖。

当然,好在鹿小姐是急性子。她就像是高锰酸钾分解实验里的催化剂,激发了鹿先生身体里所有的化学反应。

比方说——

"天气凉,晚一点再出门吧。"

"不行,快走啦,早上的食材才是最新鲜的。"

"明天再去找店面吧。"

"不行,今天就去。我已经联系上好几个房东了。"

一到深夜,美食就会变得不可抵挡。

鹿先生说,他反正都在店里,你来他就会倒一杯热水。

店里没有人会硬找你聊天,也不会有任何束缚。

你就坐着,想好了吃什么就说,当然,如果你有心事,也可以找他倾诉。

是不是这个时候你和我一样,心里就长出一片理想国,不约而同地把心交给了这个餐厅和故事交织的饭桌上。

有人好像在爱里

"

我喜欢活在爱恨分明的季节，

就像喜欢住在四季分明的世界。

"

很多时候，我们分不清楚爱和关心。

在爱的时候错把对方的关心当作是客气。

在被关心的时候，却又误以为是爱。

一个人生活久了，就会变得很独立。

有时候却会在一个人突然对你好，或者无条件为你做一件事情的时候，被感动得彻底。

拎着大包小包走在路上，突然有人来搭了把手；加班熬夜特别累的时候，意外有人给了一句暖心问候；一个人下雨天在公交站等车的时候，忽然有人停下来顺路要带你一程。

本来好好的，如果没有人插上这么一段，我们都可以坚强地挺过去。但在这些时刻出现了一些人的帮助与关心，心里流过一股暖流，就会突然感觉自己很委屈，心中生出许多感动。

在困难绝望中依靠过的肩膀，就更加依赖，拼命想抓住。

很多冷了很久的人突然感觉到温暖就会以为那是爱。

那是 2014 年的 5 月 2 日，说起来好像还是昨天，其实日历已经翻过了好几页。

那时候的许依依，把日子过得野火燎原，让身边的路人都闻风丧胆，不敢靠近。

这是一种怎样的体验呢？

她特别习惯自己独立完成一些事情，甚至连交往的朋友都是独立人格型的。除了上班，她基本不想去做其他事情，就连逛街购物这么美好的事，她都是出差在机场候机的时候搞定的。

每次提到她，我们这些朋友都会说："你就等着孤独终老吧。"

她笑着说："一个人不等于孤独啊，我还年轻担心个什么劲。"

我："你需要男朋友的陪伴吗？"

她："不需要啊，我每天要工作加班赚钱，我希望他也每天都忙碌。"

我："你不用花男朋友的钱？"

她："当然不用，花自己的钱才爽快。"

我："那你们两人在一起还能干点啥呢？"

她："……"

反正最终，许依依还是答不上来了。

她从来没有在谁面前服过输，独自在大城市里艰难地活了下来，那么难的日子都一个人忍过来了，大概真的不需要什么了。

两年前的五一，我们一群人照旧扎进祖国的大好河山里看人头，许依依照例在办公室的隔间里看电脑。

反正这个被我们贴上了女强人标签的家伙，在她的世界里，大概只剩下赚钱了。

而这一切却都因为这个假期变得不一样了。

那天晚上许依依在办公室里加班，方案写到一半胃病又犯了。她顶着胃疼发现身边一个能求助的人都没有，疼痛之下差点就拨了120。

正巧这时候一男同事回办公室拿落下的东西，看到许依依状况不对，赶紧烧了开水买了胃药忙上忙下好一阵子。

等到许依依好了以后才肯离开。临走前，他松了一口气，笑着说："身体要紧，休息一下吧。这样辛苦会让喜欢你的人担心的。"

许依依抬起头，看着那一抹微笑，真的就像是温暖了一片的午后阳光一样啊，让她觉得甘之如饴了。

我们都错了。我们以为她真的只是我行我素惯了，其他什么人事都入不了她的眼。然而那一次，我们才知道，她只不过是外表坚强、内心脆弱，也有空虚的时候，也需要别人的爱。

甚至这样的索求，比一般人更加强烈。

许依依那么拼命，可是谁又看到了呢。大家都这么忙，谁有功夫关心她光鲜亮丽表面的背后付出的心血。她干着脏活累活，熬夜加班的时候，都只能笑着把牙打碎了往肚子里咽。

可是突然这个时候有个人站出来，摸了摸她的头说辛苦了，她就突然溃不成军了。

男同事是个细心的人，许依依慢慢地开始注意他。他每周穿的衣服不会重复，中午上班前会去茶水间泡一杯咖啡，下班之后会把桌子上的东西都回归原位。路过许依依的位置，会提醒她记得要吃饭，别太操劳。

每一点细微的关心，都在许依依心里开了花。

在此之前，或许许依依总是生活在一个人的行色匆匆里，现在突然有个人关心起了她，好像生命中突然出现了不一样的颜色。经过许依依大脑的处理之后，她断定，这个男生喜欢她。

她以为是自己终于被爱了，并且对这种关心上了瘾。可最要命的是，事实上，她并不知道，对他来说，这些关心是只对她一个人还是对每个人普通的关心罢了。

日后的种种，证明那个男同事并不是真正喜欢她。

许依依向来不是个拖泥带水的人，心思一目了然，公之于众。可是当她开始一步一步介入男生的生活之后，他就开始慢慢回避了，逐渐淡出了她的视线，甚至连少许的关心也不再有。

许依依不死心，找他当面对质，问他喜不喜欢自己。

男同事含蓄地说，如果之前自己的做法给了她什么误会，请她原谅。

这到底是怎么一回事，许依依弄不明白。明明可以在一起，明明就是关心和照顾，明明很在意，为什么就不是爱呢？

那一刻，她蹲坐在办公大楼的花坛边忍不住想哭。

　　所有同事来来往往都很纳闷，这么强大的人怎么也会哭、也这么瞎逼矫情，可就是没有人过去安慰。

　　我突然想起，以前一个娇滴滴的女同事一哭，旁边就有一群人去安慰。

　　生活真的是比艰难还要艰难的事情，以后的许依依依旧独立。靠她自己，不吃软饭，不要莫名的关心，心安理得。

　　后来她也依然相信，总有个人会在她最难过的时候给她一个拥抱，对她说"别太累了，靠着我吧"，而不只是一句简单的关心。

　　我们也相信，那个时候的许依依，会卸下身上所有的包袱，像一只猫咪一样躲在他的怀中撒娇："要不我不工作了，你来养我。"

是谁来自山川湖海，却囿于农场、孔雀与爱

"
愿我们都能在流离的生活中，
长成我们最向往的模样。
愿我们终将成为独特而神奇的生命体，
会发光，
会发暖。
"

还没有出过国，我只能在小方框里看看世界，一冲动就想背起行囊冲进别人的朋友圈，可是三尺办公室隔间里揪心的玩笑和漫长的白日梦往往都很难成真。

我所走过的路，城市，云朵，山野和湖泊，都是有名字的，叫故乡。

天长日久，我很想出去看看。

我有个朋友叫程皓,他曾经飞过整个太平洋,梦想是环游世界,不过现在回家养孔雀。

五年前他念大二,学校有五十二名交换生去美国实习。

程皓很厉害,就是其中一个。

当时校方征求大家的意见,问想去美国哪个地方。他不假思索就说:"我要去一个没有华人的地方。"同学们都佩服他的勇气,最后他真的被送到了一个没有华人的偏远小镇。

据说他们学校的交换生是这样的:以实习的名义去美国的合作企业,一边工作一边学习,为期一年,期满之后回国。工作期间还有工资福利,听起来真的是美差一件。

程皓要去的地方叫作默特尔比奇,这是一个度假的天堂,风景秀丽,地广人稀,旅游酒店遍布整个小镇。

开始家里不放心,毕竟是一个人到异国去独自生活。

程皓拍着胸脯说他要去体验另一种生活,只有经历才能让他成长,他一定会珍惜生命,对自己负责。

父母拗不过他,只好放行。机场送行的时候程妈说了好几遍在外面要好好照顾自己,不要忘记吃饭。

结果程皓在美国的第一顿饭,就没吃。

下飞机后,公司派人来接他,带他去了一间公寓。收了他八百美金的费用,留了电话之后,就让他在公寓的客厅里等着,说等会就会有人联系他的。

飞了半天的程皓没吃晚饭就安心地在客厅的沙发上等得睡着了。

第二天早上，他是被一群年龄相仿的人叫醒的，问他怎么会在这里。程皓揉着惺忪的眼睛以为是新同事，笑着用英文自我介绍。

然而对方却说，他们是本地的留学生。而这里根本不是什么公司的公寓，只不过是他们租来的房子而已。原来，在默特尔比奇小镇上，所有对外出租的房子的客厅都是不锁门的。

程皓一脸懵逼，确定自己不是在做梦，并有一种真实的不祥的预感。

留学生们很热情，看到外来的闯入者遇到了困难都正义感爆棚，连忙帮程皓查公司的地址、电话等各种信息。最后确定这是一家空壳公司，地址在本镇的拆迁区，骗了程皓八百美金之后就逃之夭夭了。

人生第一次，程皓居然就这样被推到了风口浪尖，从一个高逼格的留学生，沦为被骗子骗光钱的二逼大学生。

留学生们给他留下一瓶水，并表态程皓在没有找到落脚的地方之前可以留在这个客厅里。

程皓眼前有些模糊，最后颤颤巍巍地接过了水。

他带着身上仅剩的钱和电话联系了学校和家。

老妈火急火燎，让他赶紧回去，这坑爹的学咱不留了。

学校一时也没办法，走正规程序办理不是一天两天的事，也认为还是先回国比较安全。

谁都没有想到一出了社会竟然是这样的残酷，程皓真想成为名人，坐拥五百万粉丝，随随便便发个朋友圈就能引起一片轰动效应，舆论就能成为压死骆驼的稻草。

然而，程皓看了看自己的微博，五百个粉丝一半是僵尸。

如果这个时候回家，就等于放弃了在美国实习的机会，既然来了，程皓便不甘心眼睁睁看着自己的美国留学变成坑爹三日游。

他决定留下来的时候，他妈快疯了。"可是疯了也没用，她打不到我。"

他决定留下来的时候，学校也急了。"可是急了也没用，他们出错在先。"

就这样，程皓准备留下来。

既然决定凭自己的能力留下来，那就要找工作。然而，目前他最需要的不是稳定的工作，而是立马就能活下去的钱。不然他会饿死的。

他想到了卖艺——吹笛子。

因为在美国，街头艺术是不受歧视的，大家都觉得每一个艺人凭借自己的才华和本领为大家表演，是应该受到尊重与鼓励的，哪怕在街头，也应该得到报酬。

等等。美国怎么会有笛子？哦。忘了补充一点，他在去美国之前就将笛子、宣纸、毛笔、墨水收拾进了行囊。

他万万没想到自己带去的装逼神器，最后竟然变成了谋生工具。

要去卖艺，首先必须选择比较热闹的地方。他询问了当地人，十五公里外的沃尔玛是默特尔比奇最繁华的地方。

他没有钱，步行两个半小时才到沃尔玛。那时候南卡罗来纳州的气温是四十几摄氏度，被暴晒两个小时，程皓差点没死在路上。

还好没死。既然没死，就得继续拼命。

吹过笛子的人都知道，这其实是一项力气活，很耗费体力，最多连吹一两个小时就会吃不消。但程皓说，在绝望无助的时候，人的所有本能就会被无限地激发。

他在沃尔玛门口吹笛子，被沃尔玛的工作人员叫住。差点以为要被赶了，结果对方说："外面热，要不小伙子进来吹吧。"

然后工作人员专门为程皓在沃尔玛里设了一个展位，他感激涕零，一定要好好吹，才能报答知遇之恩。

一天下来，收入实在太令人诧异了。

本来以为用它来活命的，却一不小心就奔了小康。

他在沃尔玛卖艺，一天吹三到四个小时，收入是一百多美金，就相当于每小时能收入二十八美金，当时美国最低时薪标准是八美金／小时。这是顿时他就从流浪汉升级成为高级白领的节奏啊。

也就是说，一个星期不到，他就赚回了被骗走的八百美金，顿时觉得自己也要成为土豪了。

程皓痴痴地拿着美金，它们似乎散发着浓郁的香气。顿时觉得天那么蓝，阳光那么温暖，全世界都鸟语花香了。

一个星期之后，程皓从留学生公寓的客厅里搬了出去，租了一间小型公寓，费用是吹笛子赚的。

因为他找到工作了——在一家五星级酒店当服务员。

第一天上班程皓洗了澡，刮了胡子，把鞋子用毛巾仔仔细细整整擦了两遍，擦得油光锃亮。站到镜子前面看看，自觉非常闪亮。

程皓对这份服务员的工作非常满意，他从来没有这么认真地对待过毛巾杯子碗碗碟碟，更从不知道把它们擦得像镜子一样会反光是一种什么样的体验。当他对着亮堂堂的杯子咧开嘴笑，映出一张明朗的脸庞的时候，他突然觉得，这就是认真生活的模样啊。

在异乡漂泊，最有趣又最揪心的地方是，你根本不会知道下一秒会遇上什么样的故事。

程皓很看重这份工作，也很小心。因为一旦失去他就很难再找到这样一份正式的工作了。可是偏偏一个不小心打碎了杯子，杯子的碎片扎进了手里。

他不能请假，只好自己随意包扎，继续卖力工作。

可是这一切却被一个巴西来的女服务生发现了，她带着药水一定要帮助程皓。

程皓很感动，一直说谢谢。

巴西女服务员很喜欢程皓，伸出手自自然然地摸了一下他的手。

程皓害羞得红了脸，拔腿就跑。

任何情况下，认真工作都是对自己负责。不知道过了多久，程皓被主管夸奖，一路从服务员做到了领班，后来又升级成亚洲地区的客户经理。

默特尔比奇就是这么一个可爱的地方，不排斥外乡人，这里有世界各地的外来人口，大部分没有绿卡，但是每个人都把自己当作这里的主人。好客的主人温暖地对待着更新来的主人。

在异乡，如果有一千件事情，那么有九百九十九件是美好的。不知道什么时候，镇上来了一位中国人，开了一家饭店，程皓去吃饭，点了六美金的炒饭，整整吃了三天才吃完。

……

一年后，程皓实习期满，酒店的高管却在他要回国之际发出了邀请，筹码是一张留美的绿卡。

言有尽时意无穷。

默特尔比奇——程皓穿越山川湖海，从一万五千多公里外迤逦而来，起初以为这里是异乡，容不下他这个外来人，却没想到会成为另一个故乡。这辈子，默特尔比奇就是他给自己选择的第二故乡。

在这里，他学会了只要拥有生活的勇气和对生活的热情，就必将受到生活的褒奖。

默特尔比奇对他来说，不仅仅是个地名，更是一种方向。

这个世界上应该多几个默特尔比奇。

程皓说，他还年轻，有生之年他还会遇到很多个默特尔比奇小镇。每一个小镇，他都会努力体验，营造，探访。

于是，他告别了默特尔比奇，回到了中国。

回国后，他郑重其事地接受了学校的道歉，和朋友们讲述着这个惊险又感人的留学故事。

有人唏嘘不已，问为何不留在美国；有人长长地松了一口气，还好是虚惊一场；有人意犹未尽，你什么时候再回去。

程皓抬头看了看天，不管多远，都在同一片天空下。如果不是这样的一次意外，他绝对不会发现人生可以这样活，一个人不仅做了自己喜欢的事情，体验了意料之外的生活，而且赚到了钱。这简直就是世界上最幸福的事情了。

他回来以后，女神小璐出现了。

小璐也是留美的学生，两人坐在一起聊在美国的经历，实在是完美的画风。两人发现彼此的兴趣爱好竟然是如此地像。

我们问程皓是怎样找到这个良配的。他说，小璐是来听故事的，故事太多，听了一个晚上没听完，就日日来。故事还没讲完，两人就开始了新的故事。

　　大学毕业的时候两人一起去了宁波。程皓是打过美国牌鸡血的人，跑到宁波去做外贸也能闯出一片天地。可是程皓血液里有风，事业刚刚起步就辞掉工作回到了家乡。他要办个农场养孔雀。

　　"你为什么要养孔雀？"

　　"因为孔雀市场好。"

　　"你为什么要养孔雀？"

　　"因为孔雀长得美。"

　　"你为什么要养孔雀？"

　　"因为我要创业。"

　　再问下去，估计程皓还会有一百个理由的。

　　2015年的春天，他回到这个叫武义的小城市，开始摩拳擦掌。不，不是养孔雀，是干起了泥瓦匠。想着未来自己有一个农场，里面住满了孔雀，程皓就别提有多认真了。

　　晚上回到住处，胳膊酸得像泡过醋。他仔细算算账，如果多请一个员工，按照一天的劳动力成本算，到头来还是自己赚了。

　　我不知道小璐是被程皓灌了什么迷魂汤，好好的女神不当竟然也追随着程皓来了农场，当起了孔雀饲养员……

　　程皓是我的好朋友，他的故事太长，而且还在继续。我决定先写到这里，因为他和他的孔雀到最后会怎么样我真的不知道。

你是我旧旅途里的新风景

"

换一个城市生活几天，

也许是为了一个漫不经心的承诺，

也许是去体验一种曾经渴望已久的生活，

也许只是去见一个牵绊向往的人。

无论哪一种，

在一个新的城市，

都是一次重生，

都可以做一个不同的自己。

"

送画儿上火车的时候，我才真正意识到她真的回去了。

并且我们谁都不知道下一次见面会是什么时候。

这让我很难过，看着她的火车慢慢远去的时候，感觉还没有那么强烈。回到家，看到收拾得整整齐齐的房屋，以及洗好晾在阳台的被单，我才确定画儿真的走了。我坐在客厅的椅子上，孤独感就莫名其妙地涌上来，一发不可收拾，袭遍全身。

画儿，是我大学时候认识的一个姑娘。从来不知道她真名叫什么，也从来没有过问。离别的时候我们曾讨论过我们是怎么相识的，却怎么都不记得了。唯一清晰的是一起做杂志《信仰》。《信仰》就好像是我们共同的信仰一样，写专栏的时候总是拖稿，画儿是编辑，总是催着交稿子。然后磨蹭着磨蹭着做了两期之后就改版了，却也一直坚持着，大学毕业都没有放弃。只是那时候，从来不敢妄想，多年以后的今天，我们会这样相聚。

去接画儿的时候是个下雨天，武义这座小城，已经连续淅淅沥沥地下了很长一段时间雨。从郑州来的火车正点到达，我期待着从出口走出来的到底是怎样一个姑娘——这个认识了五年幻想过无数次却不曾见过一次的姑娘。

一天一夜的火车并没有带给画儿多少疲倦，穿着白粉相间的外套，背着一只书包，还扎着一把长长的马尾，笑起来特别好看，这是我对她的第一印象。长途跋涉之后，我打算让画儿先去休息，可她却坚持要做我的小跟班，体验我的生活。她说她想看看，我到底是在怎样的环境中写出那些文字的。

其实我的办公室并不是一个惬意的写作点，除了电脑里的垃圾或者文件会时常被整理、清除之外，办公室里的书籍和各种纸张总是随心所欲地在办公桌，在架子、柜台等上横七竖八地躺着。但凡有一点点洁癖的人走进来大概都是无法容忍的。这一定和我给人的印象完全不搭，他们也会好奇，原来六米竟然是一个生活中乱七八糟的姑娘。

　　我的住处显然不比我的办公室好上多少，除了长时间没有擦的地板之外，依然是到处堆放着报纸、手稿等等。对于不影响我活动的东西，我从来不会去注意它们的存在，所以，我在家里的活动范围也仅限于床、书桌和卫生间。到现在，我依然感觉特别愧疚，画儿到来后，竟然为我收拾了这个我已经无力回天的家。

　　与画儿一起爬山和晚上促膝长谈都是让人欣喜的事。话题远远不止于故事、文字、梦想，就好像是许多年不见的老友，一聊就聊到了半夜。画儿放弃在北京打拼了三年的事业，辞去工作决定去开一家书店的时候，好像被身边所有的人不理解。可是有一样东西，她在做，却一直坚持要做下去，就是写字。开书店好像是第一步，让她离文字更加接近了。

　　我们都清楚地知道，对于写作这件事情太多人曾经试过，却多半没有坚持下来。并且它也不是有天分或者多努力就能带来什么成就的。就像我现在，总是写得很烂，一些预约文也写得很慢，但它却能让我从中感觉到快乐。每一次有一小点的进步或者惊喜，就能让我获得巨大的满足。画儿也是一样，对武侠有着无比热衷的情怀，不求这些小说能够带来多少金钱和头衔，只是为了青春岁月里自己曾许下的一个诺言。

　　在看到那么多人走走停停、忙忙碌碌，不知道自己人生想要做什么，喜欢做什么事情之后，我就更加热爱上了自己手头的这些活，还有自己的梦想。因为我清晰地知道，这些可以给生活带来最珍贵、最快乐的东西。

　　我从来都不勇敢，曾经还胆小到不敢一个人吃饭，不敢一个人坐车，不敢一个人睡觉。而现在我也能非常清晰地记得第一次一个人吃饭的场景，一个人上火车的紧张。只是这一些曾经觉得天都要塌下来的事情，现在做起来却是家常便饭了，并且是一种人生的必修技能。

画儿说，这真的是一场说走就走的旅行，早上在看了我的小说之后当场就买了票。甚至还没有告诉我就决定要来见我。我也顿时因为这场相见重新给生命注入新鲜的血液。

带着画儿行走在武义这个小城，从南到北。画儿保持着不同的心态，每到一个地方，她都会用不同的态度去看风景，也时常沉浸在她自己的世界里思考问题。我猜，有时候她在构思她的小说，有时候在想未来，还有时候在发呆。

其实，因为工作的关系，我真正陪伴画儿的时间不多，很多时候，她要自己出去走。更多的时候，是带画儿去吃东西，一些街边的小吃，我喜欢的奶茶小弟，还有我热衷的美食。对于食物，我总是归结为唯美食与爱人不可负。

还想再写点什么。我便自然而然地想到了上海的那个男生，故事的主角就是画儿。

对于画儿和我来说，上海似乎都是带着那么一点伤害的色彩。

无疾而终的感情总是要比开花结果来得让人刻骨铭心一些，不管是什么原因，总归还是没有在一起。从来没有一刻那么想把自己的内心掏空，把那些曾经信誓旦旦要刻在身体上、印在心上的爱情痕迹抹得一干二净。

可是，没有关系。当我们承载得越多，这些信息自然会被积压在大脑的最底层，就像压箱底的衣服，永远不会再被穿上，直到有一天，发现早已经过时很久，也不再是自己喜欢的款式。

送画儿到火车站台前，这个八十年代建成的小车站把分离的气氛衬托得浓重极了。

　　站台就在面前，分别就在眼前。绿皮车的终点是你的家乡，好像我们之间的距离就是一辆绿皮车，听起来就没有那么悲伤了。

　　亲爱的画儿。

　　十天以后的你，会在哪里？

　　那么十年以后呢，又在哪？

　　那时候你待的地方天气好吗，会不会有雾霾？

　　回到家的时候，是不是有个你期待的人来给你开门呢？

　　许多许多年以后，你是不是会做着你喜欢的事，成为你想成为的人？

　　那我呢？

　　写到这里，手指僵在键盘上，再也动不了了。

生活是场更艰难的游戏

总有那么一段时间感觉做什么都不带劲。

算不上很绝望，却一点都看不到希望。

每天起床第一件事情就是不想上班，能多躺五分钟绝对不在四分五十九秒起来。从早到晚，除了要吃饭睡觉外，就像一只行走的机器人。

每天晚上睡觉前的一件事就是不想睡着，脑子清醒得可以照出自己的内脏，恨不得一口吞下整个黑夜，辗转反侧过的路径可以绕月球一周。

有时候，人就是这么衰，当一件麻烦事来找你了，所有见了鬼的怪事都会接踵而至。

前两天一出门，电梯坏了，从十楼飞奔到一楼。再一看下雨了，没带伞。想想来回二十楼就算了，咬咬牙冒着大雨去上班。

刚刚储备一夜的正能量已经耗去了一半，一到公司就被 boss 拉进办公室进行深刻的教育。

上次让你写的文案还没交是不是，上次给甲方的策划还不够好你再改改，还有让你和客户去谈的事情怎么样了又没有下文了是不是？你最近写的稿子是怎么回事,就跟流水账似的!对了,下午有个会议你去参加一下,明天有个新的 case 你也一起去!

Oh my god!信息量太大,我实在接受不了,好像做了什么罪孽深重的事情得不到上帝的宽恕,心里顿时进入一个服丧期。

我默默地吞下一口怨气,准备明天去给自己开个光。

回到办公室,我看见我的浙大硕士毕业生同事依然在很努力地工作,顿时觉得世界好绝望!比我还优秀的人都在努力,我努力有个毛用。

整个人看起来好衰,好像无论是日历上还是星座运势上,都写满了我这两天不宜出门,不宜上班,不宜开车,不宜吃饭,不宜睡觉,不宜喝水,不宜码字,不宜看电影,不宜哭泣,不宜高兴,不宜沐浴……

活着真的好难啊,然后中间难,最后结局难。是谁说世上无难事,只怕有心人的,明明就是世上无难事,只要肯放弃。

好不容易熬到下班,一个朋友却开始打电话和我絮叨:最近真是好累啊,每天忙上忙下不可开交,和单位同事关系处得一点都不好,工作开展起来也一点儿都不顺,领导简直就是个傻逼,男朋友一点都不理解我 @ # ¥ % & * !

当时心中就是一万个大写的操。陆陆续续听她抱怨了整整一个小时,我真的好想告诉她:"没事,今天解决不了的事情完全不用着急,反正明天你还是解决不了的。很多事情,你照照镜子就明白了!你累,我也累,谁特么不累啊。"

你看地铁上忙碌穿行的人哪个脸上不是挂着倦意;

你听办公室里噼里啪啦的键盘声中传出多少的无奈;

你遇见门口大排档的老板哪个不是熬夜通宵赚一点血汗钱。

我已经全身负能量了真的不想再听你传播负能量。

终于挂了电话,结果老娘下一脚就端着一盆瓜子坐在我旁边准备开始聊天："今天工作怎么样，你房间怎么这么乱啊，你也一把年纪了，要不要嗑点瓜子啊……"

我顿时整个人更不好了，本来一天就挺烦人的，又累，就冲老娘大声嚷嚷："我都这么累了，你来瞎扯个没完。让我静会行不行啊。"

老娘没再说话，只是默默地低下头。"我只是想和你说说话。那你先忙，我出去了。"

出门前默默把门给带上了。

我突然想到那天我娘说，我们住在一个屋子里，但是我却好像很久没有见到你了。

心里感觉很难过，我知道我忙完了这阵子，接下去又会忙下一阵子。因为"忙完这段时间就好了"的鬼话我已经说了好多年了。

于是，我陪同事的时间多过了陪父母；于是，我在外边的时间多过了在家中；于是，我和陌生人说的话多过了和亲人。

甚至，我们对待外人彬彬有礼、人五人六，回到家却对家人蛮横不讲理、大声怒斥指责。难道，我们最大的温柔与包容，不是应该给爱人和亲人，而把鄙夷和恶语，指向小人？

生活在这条生物链上的每一个人都很累，能像家人一样包容我的脾气的人真的很少了。

我真的希望大家不要成为这样的人。不要把在外面受的气带回家里去；不要把爱给陌生人，却把恨给最亲的人。

我自己也是。

有的人总是会在某段时刻把自己的困境无限地放大，不知不觉之中浑身负能量,巴不得让所有的人都知道自己的难处,到处渲染自己有多么悲伤,希望得到救赎。

然而这根本没有用啊,越是抱怨,这种情绪就越会在心里根深蒂固,你所谓的悲伤根本没有出路。

换句话说,我不介意听你来倾诉,但是抱怨绝对不行。

你说你领导有多傻逼你换工作啊。

你说你男朋友不贴心你换男朋友啊。

你说你想出去玩你就出去玩啊。

你说你累你去休息啊。

活着本来就很艰难了,别再去为难别人了,自己找个地方清理这些垃圾情绪吧。

我真的不要再这样狼狈不堪地生活,再这样蓬头垢面地面对这个世界了。

生活已经是一场很艰难的游戏了,可是我又不能去死。

反正死不了就得好好活着。

去赚钱,去看没看完的书,去甩掉冬天攒了一身的肉,去好好处理自己的单身问题,去吃早餐而不吃夜宵。

我想做一个随便搞搞就能比别人好的人啊!

丢了眼前的苟且,拿什么去诗和远方的田野

"

是不是一定要放弃,才能义无反顾去拥有呢?

大冰说:你既可以朝九晚五,也能浪迹天涯。

"

长大以后,我才发现世界和想象中的很不一样。

小的时候很喜欢写字。于是,睁大了梦想的双眼,毕业后就去干了记者和编辑。

一走进去才发现自己错了,真喜欢写东西的人都不会待在这个行当里。就算有,文字和理想也都被强奸了。当理想变成了换钱的工具,写出来的文字就不能随心所欲。

即使一开始的想法有很多很多,也会在条条框框的限制之中失去热情和初心。

那时候一度觉得自己活腻的地方好像就是最糟糕的鬼地方,日子和内心都演成了恐怖片。

多么想辞掉工作,抛弃一切,去四处看一看。

一直犹豫并不是因为家里不同意或者缺少勇气,而是不想增加他们的负担,也想能够回报他们在成长路上的付出。

可是在现实里挣扎越久,就越无法理智。

甚至加倍任性,虔诚而坚定地相信,不出去,就会死!

于是在日复一日的绝望里,开始对远方和诗出现了无尽的向往。没走的路,成了最美;没牵的手,才是最爱。

为什么可以在旅行中一再误车晚点也还是很开心,在工作上却几乎是吹毛求疵地零容错?

为什么明明可以用两条牛仔裤就在外头行走三个月,却还是有快要爆掉的衣柜?

为什么啃着馒头嚼着干菜都觉得香,却还是在米其林三星的餐厅里挑剔小牛胸腺下的烩饭没有用进口意大利米?

……

可就前面这样的日子,大概不用一辈子,只要一阵子就会开始难受。仔细想来,风餐露宿啊,长途跋涉啊,节衣缩食啊……

不得不承认, Dior 的香水就是能给人带来自信, CK 的内裤就是要比别的牌子舒服一些,普拉达的包包背起来的感觉就是不一样……还有,要是能在迪拜的帆船酒店睡一晚一定是人生中最闪亮的记忆。

可是,不要忘记随随便便哪一样都是五位数起步。

是啊,美好的东西之所以美好,就是因为它本身就是美好的。

即便是这样,也千万不要放弃啊。

有时候,也许就是那平凡里小小的没死掉的那百分之五理想,让整个生活变得不一样了。

为了追寻那些本身美好的事物,我们有时穷游有时奢享,忙着在赚钱的道路上寻找出多元化的政策方针。

我认识一个姑娘叫小北,这些年里她走了十多个国家。

她跟我讲,最疯狂的是自驾土耳其,最可怕的是在伊朗经历的那次地震,最让她开心的是缅甸的温泉和红酒庄园,还有那被雨水淹没的仰光之路。

其实她根本没有辞职,而是趁着星期五或者把几个不长不短的假日串联在一起,就在办公室换下高跟鞋,背起行囊就上路,到陌生的城市行走,奔放得不像自己。

她说她尝试过这样的生活,前一天还在小海岛上悠闲地喝茶,后一天就在拥挤的写字楼里紧张地敲打键盘。

全世界都在工作,全世界都在过着简单的生活。我们所谓的不如意,不过是未曾发觉它的有趣之处。

正如小北,在家的时候按时起床,上班忙碌看书阅读,出门的时候敞开心去走进世界,在路上重新认识自己,和内心世界说说话。

生活照样是自由的。

梦想和现实这两件事,其实本不该矛盾的。

有些事情,如果一时无法争取到,那就要学会忍辱负重,以另一种方式去实现。

勇敢的青春，不仅仅是过自己想要的生活，而且是把别人看来无望的生活，偏偏过出生机与色彩来。

假如远方是一首诗，那么生活就是一道难题。

现实的题要解，远方的诗也要念。

活了这么久，有没有问过内心想不想这么走

昨晚一觉睡醒是半夜，突然很多事情一股脑儿涌上来，想得深了，就翻来覆去再怎样也睡不着了。索性爬起来，对着电脑和自己聊一会天。

以前写字，都会带着一点激动的情绪，那时候写自己、写别人都矫情至极，对爱的人和事物掏心掏肺。而现在，要面子也要里子，做不到那么大方了，心态越来越平和。

偶尔也会怀念，甚至羡慕那时候的放纵和轻狂。不过最多的还是庆幸，这么多年来，把写作和阅读这两件事情坚持下来了，没像爱过的人那样，说放弃就放弃。如果真的如那时候所决定的辍笔不写，那就真的一事无成了。

那时候真的很较真，非要在二十岁的时候就写出五十岁的水准来。写着痛苦，读着也累。到五十岁的时候，也许会遗憾，为何当年二十岁的时候没随着性子写呢。

突然，好像很多事情就豁然开朗了。

不懂要如何面对一个人的时候，就用最平常的样子去面对，反正不管你喜不喜欢我就是这样子；

遇到困难的时候，就用最平常心去对待，坏了就坏了紧张更容易坏，反正

我就是这水平；

迷茫的时候怎么办，那就用这个当下去判断，这一刻快不快乐，内心愿不愿意就好。

就像当下，阅读和写作，生活和思考，都是为了取悦自己，乐在其中就好。至于未来，谁知道呢。爬得再高也会有掉下来的时候，身处低位，无论往哪里去都是在前进。

我记得曾经有个人来找我，他感觉很痛苦很绝望，问我该怎么办。

我说，要不你出去走走吧，老在一个地方容易狭隘。他说，他放不下这里的一切。

我说，要不你去写字吧，把积压的情绪和痛苦转换成文字一吐为快。他说，他不会写字。

我说，要不你去读书吧。他说，好，读点什么呢？

我说，去看看尼采和柏拉图吧。他说，他不喜欢。

我不知道说什么好了。那你继续难过吧。

痛苦、绝望、迷茫，又不愿释放、改变，跳出原有的狭隘与禁锢，是想着等上帝来救你吗？那又何必来问我。

说走就走的旅行，说爱就爱的人，不吐不痛快的文字，掉进阅读的深海里，这些都并不难，但对我来说就是最好的良药，让我变得坚定，也让我活在当下的时候，做每一个决定不犹豫，他日回忆起来从不后悔。

可是，这些真的能拯救你吗？其实并不能。

我们不会因为做了什么事情就能成为什么样子的人。

辞职去旅行是一件很了不起的事情吗？环游世界呢？就能出一本旅行笔

记吗？每天应酬交际卖力工作，就会飞黄腾达、事业有成？去了西藏就能净化灵魂？

不要再问这些问题了，不要听了那个人做了什么事，就把那个人定义成你想象的样子。一模一样的事，让不同的人去做，结果都是不一样的。

有的人在行走，越走越笃定，越走越宽敞明亮；而有的人在行走，却越走越迷茫，越走越偏激。

还记得那年在西藏拉萨，遇见一个韩国留学生，因为接下去的行程刚好相同，所以一起结伴同行。一路上他一直说着自己这几年走了多少国家，遇见过多少形形色色的人和趣事。总以为这样行走天下，见识过不同风景人情的背包客，会通情达理、心胸开阔吧。

可是，第二天在青旅约好一起租车去纳木错的一个小伙伴，因为临时有事要改变行程不能去了。小伙子来向我们道歉，其他人都还没有说话，未承想，他突然开始大发脾气，立马进入攻击状态不依不饶，语气里充满了责备与不满。

青旅和客栈，挤满了那些绕地球一周的人，给我们讲许多令人瞠目结舌的故事，唯独客栈的老板才知道，真正用心的旅者，能够聊得来的人，一年遇到那么几个，就已经是很难得了。

当然，我并不是说辞职不好，卖力工作不行，西藏没那么好。哪里都是人的世界，我们厌倦平常生活的时候，对未来看不到希望的时候，开始模糊了自己梦想的时候，不在于其他，只是在于自己的内心。

生活也如是，我们无法做到感悟平凡，就注定一辈子平庸。只有我们自己，才能写好自己的故事。我没有多少时间，所以我不敢迷茫；我没有多大出息，所以不想违背自己内心；我没有多大智慧，所以只能脚踏实地往前走。

想飞的钢琴少年

"

这个世界上充斥着太多功利的说教,

却开始少了一些纯粹不羁的想象。

我不喜欢人生的大道理,

只想去看充满星光的神奇。

"

我是一只叫海地的流浪猫。女的。

其实我刚开始并不知道自己是女的,直到某一天发现自己对面一个男生,会坐立不安、寝食难安才断定自己的性别。

以前我也不是生活在这个小区,一个月前是一群捣蛋的孩子把我从学校旁边的草垛子里拎了出来,拖过好几条巷子才到了这里。我吓得畏畏缩缩的不敢叫,最后他们玩腻了一把把我扔在这个小区的垃圾桶里。

这一个月，我战战兢兢地躲过野狗的追赶、车辆的横冲直撞、人类的驱赶，在夹缝之中生存。我看到傲娇的小母狗甩着铃铛跟在高跟鞋后面得意地走在人行道上。而我已经三天没有吃东西了，我想一定是我长得很丑吧，才会被活活饿死。

躺在玫瑰花丛下，我看见小鱼从我眼前飞过，可怎么都抓不住就没了知觉。醒来的时候，意外地躺在一张松软的小床上，突然前面出现了一个少年，他带着微笑，看起来很舒服。他愣愣地望着我半天，才开口对我说："以后你就住这里好不好？"

我吓了一大跳，立马窜了起来跳到一架巨大的钢琴底下。他看着我没再说话，静静地坐在钢琴前面弹起了旋律。从此，我给他取了一个名字，钢琴少年。

出生以后，这大概是我第一次这样安心地睡着，在一栋两层小别墅里，伴着音乐，进入猫的梦乡。你别以为只有人才会做梦，我们猫也可以，相比较我们的梦简单多啦，不会出现奇奇怪怪的桥段，无非是吃和睡。

大约很久以后，我突然被一阵争吵声吵醒。

"你要养一只捡来的流浪猫？"

"是的。"

"那猫太脏了，或许还有病。"

"我不管，我就是要养这只猫。"

"好，我们答应你养这只猫。但是你要把你那些不切实际的想法都丢掉，认真地学习钢琴。"

钢琴少年点点头，用怪诞的想法换来了我。

他走过来朝着我说："以后你就叫海地。大海和大地都属于你。"

"那天空呢？"

钢琴少年说："噢，猫不能飞。"

　　我本来是一只流浪猫,自从被钢琴少年收留以后,生活发生了很多变化。他给我安了家,是柔软的,还给我洗澡,是玫瑰味的,还有他,是巧克力味的。

　　他带我出去遛弯,我灰溜溜地跟在他后面。他转过身一把把我丢到前面。"你长得很美,是这个小区最美的猫咪!别人看你的时候,你要抬头挺胸;别人给你丢小鱼的时候,你要抬头挺胸;别人议论你的时候,你依然要抬头挺胸!"

　　可是我没有胸啊啊啊……

　　都说宠物的自信是主人给的,从畏畏缩缩到小区一霸只有一个人的距离。从此,我过上了昂首挺胸的生活。

　　我翘高尾巴骄傲地走在小区里,像那只小母狗一样,引来其他的猫猫狗狗纷纷投来羡慕的目光。那时候我就是猫界的范冰冰、动物界的女神,所有的流浪猫都站得远远的,只为瞻仰我卓越的风姿。

　　晚上回到家,我就跳上床。少年不乐意,把我放回窝里。我不肯,继续蹿上床。少年没有拒绝,抱着我睡着,这是我头一次觉得睡觉的时候还有别人给的温暖啊。

　　我问钢琴少年:"你不介意我是只流浪猫吗?"

　　钢琴少年眼睛也不眨地说:"你不是流浪猫。"

　　我的眼泪吧嗒吧嗒地当时就掉了下来,钻进被窝一不小心又抓坏一条蚕丝被。

　　从此以后我就和一个人睡在了一起,我们一起吃鱼一起遛弯一起弹钢琴,有时候他还会给我洗澡,而我经常抓破他的蚕丝被。

　　如果前进十岁,我会立志以后要找一个这样的男友。如果前进五岁,或许会希望有一个这样的哥哥。如果后退十岁,我想求老天赐我一个这样的爹。

在我生活的这栋小别墅里，每个人都很忙碌，有说不完的话和做不完的事情。可是对于我，每一天最享受的时光就是趴在钢琴边上听着少年弹奏歌曲。

钢琴声继续，我换了个合适的位置，继续睡觉。

琴声婉转悠扬，很快我又进入了梦乡。

音乐慢慢地继续响起，我做了个梦，站在音律最为空荡的部分，微笑着向我展示着未来，少年慢慢地成长为俊朗的男子，他亦步亦趋地走向我，在悠扬的钢琴里邀我翩翩起舞。

哦，这是一只思春的发情猫么。

"轰轰轰！"

突然一声巨响，把我从梦中惊醒。难道是地震？我赶紧叼起嘴边的鱼冲向门外。少年还在里面，我又丢下嘴里的鱼冲回客厅。却发现整个世界都是安静的，少年没有坐在钢琴边。

在二楼的储藏室，少年从一堆废墟里爬了出来。他轻松地弹了弹身上的灰尘。"我就知道会这样。"

飞——钢琴少年说过，猫是不能飞的。

我不知道少年在做什么。只知道他是个偏执的人，可是在这个家里除了我之外，他好像没有其他朋友了。谁知道呢。

他看着我，耸耸肩。"其实我只是想飞。哎。好吧，这次是失败了。你要相信我，我一定能飞起来的。"

我一脸疑惑地看着他。"你的梦想不是弹钢琴么？弹钢琴！"

"我就知道，你们都以为我的梦想是弹钢琴，成为一个著名的钢琴家，在巴黎圣母院演奏，羡煞旁人。可是我的梦想是飞，就是像大雁、海鸥、蝴蝶，甚至苍蝇那样自由地飞。我可以造一架飞机，你看，像这样的。"

"那你为什么要给我取名叫海地！"

"因为，曾经我以为有你在我就可以不需要飞。"

书本上画着密密麻麻一堆我看不懂的图画，但是少年一本正经讲话的样子，好像这真的是件很厉害的事情啊。

原来，我的主人是个想飞的钢琴少年。

自从看了图纸，我就有了一种怪癖——喜欢收集东西，什么螺丝钉、小纽扣、小铁皮、酒瓶盖儿，但凡感觉有点像图纸上的东西，我都会收藏在一起。

我叼过一条长长的金属链子，上面还有一块有颜色的石头；我叼过小圈圈，头太大伸不进，腿太细框不住，只能当玩具。我记得那两次家里的女主人闹得特别凶，吓得我瑟瑟发抖，钻进钢琴下面连鱼罐头都不敢想。

终于有一天，我伟大的收藏被钢琴少年发现了。他对着我又抱又亲。"你知道么，你帮了我一个大忙，我需要的东西都在你这儿找到了。"我红了一整张猫脸。

那一天他都把自己关在那个小机器的房间里倒腾。我是只高傲的猫咪，趴在旁边睡觉。终于，他又拎起我又抱又亲，我又红了一整张猫脸。

"海地，你知道吗？我成功了，我要飞了。"

作为一只猫，我是没有表情的，我想露出一个微笑的表情，可是挤了半天还是只挤出几句"喵喵喵"。

钢琴少年看了看我，那眼神真的是又透明又闪亮。"我给你准备的鱼罐头，都在这里了。在我回来之前，应该够你吃了。"

"在你回来之前？你的意思是不带我走？"我不肯，我飞快地蹿上飞机要同行。

钢琴少年一把抱我下来。"海地，你是属于大海和陆地的，天空不属于你。"

我蹲在我的地上，没有再说话。

我的钢琴少年要走了，没有带上我。

他真的走了。飞机突然冲出了窗户，带着钢琴少年冲上了云霄。

我气喘吁吁地跳了出去追飞机，上面有我的钢琴少年。看着飞机变成一个黑点消失在云层的深处，我才知道，我是海地，他是想飞。

那个傍晚，我蹲在家门口看了一百零一次日落，蜷在沙发上听了一百零一次钟声回荡，又在二楼的阳台上听了一百零一次鸡叫。

这些东西，我赶不上今天的，都可以等明天的，可是我再也赶不上那天你飞走的飞机，吃不到那天你丢给我的鱼罐头，赶不上你心中的梦想和远方。

我离开了家，去寻找我的钢琴少年，又成了一只流浪猫。我拖着疲惫的身体前行，可是越来越重，越来越重。

路人看到我又脏又臭，投来厌恶的目光，我畏畏缩缩地穿过大街小巷，转进树丛里，好像又闻到了沐浴露里玫瑰花的香。

我是一只只属于大海和陆地的猫，我追不上想飞的钢琴少年。

我知道你要去很远的地方，但是你一定要回头看看我。就算我不在你的视线里，也请偶尔转过身。

我是一只叫海地的猫，我喜欢你。

如果不是因为爱,谁会付出那么多

> "
> 我爸喝完酒话很多,
> 我妈有时很唠叨,
> 我很烦他们,
> 但我更爱他们。
> "

一岁的时候,我扶着一个人的手,试着站立。

八岁的时候,我拉着一个人的手,走进校园。

十八岁的时候,我朝着一个人挥手,奔向远方。

总有一天,我会放开一个人的手,牵起另一个人的手。

从我拥有生命的那一刻起,爱和责任就成了他们生命的意义。

我出生的时候，大雪足足下了五厘米厚，连正常人行走都很困难。妈妈从乡下老家坐在一辆自行车上颠簸了一个晚上冲到医院。

她很紧张，说，怕还没有等到我的到来，就要和我说再见。

我五岁那年，生了一场大病，医生说要在我脸上开个刀。

我妈当场就爆发了，才五岁的姑娘脸上动个刀子这辈子就完了。

说完，带着我访遍所有名医誓要找出药方，整整半年，终于没有动刀子就治好了。

我八岁那年，背起书包进了校园。

一切都顺风顺水，我妈很骄傲。

我十七岁的时候，没办法适应高中生活，和班主任关系不好，成了一无是处的差等生。

我不知道自己最后会落到多绝望的深渊里，很害怕。

妈妈说，没关系，我们永远在你身边。

我十八岁那年，逃了一次学，旷了很多节课。

我不想去学校，宁愿在家中书房里看自己想看的书。

妈妈说，无论你如何选择，我们都支持你。

为了这句话，我收拾书包去了学校。

我十九岁的时候，高考了，成绩出来不理想。

我问我妈，要不要去复读。

她的眼神特别复杂,好像人生中第一次那么无奈。

她说,你先填志愿吧,如果被录取了你就去读,我们不想让你浪费一年的青春。

我二十一岁的时候,喜欢上了我的垃圾大学,每天沉浸在各种各样的精彩生活里,一年只能回两趟家。

我忙,妈妈很少给我来电话,打电话来也总是那么几句:"钱还够用吗?""天冷了多穿点。""一个人在外面好好照顾自己。"

后来的这些年,我一直陪伴着妈妈。

但是我依然很忙,最忙的时候,即便我们同住一个屋檐下,也会一个星期见不着面。

有时候她很想走进来和我说两句话,但是看着我对着电脑又默默地关上门退了出去。

她说,宝贝别太累,妈妈就你一个孩子。

小时候不听话,妈妈总是说我是她从垃圾桶里捡来的,不要了就丢回去。可是至今也没有丢回去。

小时候一哭闹,妈妈就说警察叔叔会来把我抓走的。可是到了现在我已经不哭了。

长大后我才知道,她永远也舍不得丢了我。

我妈有一本独生子女证,那时候我才知道我是她的独一无二。

失去了我,她就真的一无所有了。

人这一生概括起来，也就一页纸光景。

可活起来却没那么简单，每一刻都可以写上满满一页。

很多当时的激动与感慨，经过时间的洗礼，已经褪得干干净净。任凭我怎么回忆，也只能想起那么一个大概。

我妈其实是这个世界上最不诚实的女人。

我送过她很多礼物，鲜花、甜点、包包、手机……

每次她都说："别买了，我不爱吃。"

"还能将就用，不需要买新的。"

"买这干啥，用不着。"

"又乱花钱了，还是给你自己买吧。"

……

不能再被骗了！

不管如何，说一句"妈妈我爱你"。

有很多人，在我们飞黄腾达的时候为我们骄傲；

只有爸妈，在我们一无所有的时候为我们撑腰。